劉炯朗開講

3分鐘品讀文學

中研院院士、圖書金鼎獎得主

劉炯朗——著

導讀

開啟禁錮的心靈，成就脫胎換骨的自我

高品芳

很開心並帶著莫大的榮幸，與讀者們分享劉炯朗校長十四年來廣播節目的精選。

首先這一系列的選輯，是把已經轉成十三本書的節目內容，再節錄、精選成為有機的段落，讓讀者配合日常零碎的片刻，迅速地掌握一個概念。這樣碎片化的訊息，是為了趕上這個快速傳輸的資訊時代，吸引您瞬間的決定，給予數分鐘停留的意願來閱讀或聆聽。先留下第一印象後，以便未來需要時，可以找到故事與例證，也有原文、出處的索引，提供讀者深入學習與探索。

其次從文章的編排，便讓我們感受到科學家清晰的條理。校長選擇以不同的文體，將演說、信函、詩詞、短篇、寓言、歌曲、神話與史詩分門別類，另將三字經與歷史人物獨立出來，藉著古聖先賢的譬畫，羅列錯綜複雜的人倫關係；以傳奇的生命做為借鏡或榜樣、見證歷史的關鍵時刻；讓我們感受作者飽經別離的淒苦、為朋友肝腦塗地的義氣，以及面對生活的全力以赴；欣賞歌詠江山的豪情、讚嘆平凡日常的幸福，以及衝冠一怒的毫不反顧，同時也不乏小人物面對世間的真假虛實。這樣的安排，直覺地讓我想起巴哈的《英國組曲》與《法國組曲》，同樣蒐羅了各國宮廷的組曲形式，顯然不單是為應徵某個職位而寫的作品；亦如《賦格的藝術》與《音樂的奉獻》這類套裝曲集，是乘著啟蒙時期百科全書的浪潮、帶著教育萬能的信仰和鉅細靡遺的態度所成的經典。自然在規模上，異於我們傳統的四庫全書或文學作品的整理分類方式。

尤其特別的是校長精心的譯文，在重新編輯的過程中，更用心地審閱與潤飾；而校長獨到的取材，兼具林肯總統的歷史演說，以及父親對兒子的期許；也有唐伯虎有感於日常收到好喝的茶葉，由衷的謝辭；還囊括了戲曲精采的折子，如粵曲〈再折長亭柳〉，您絕對不能錯過歌曲的鏈接，更驅使我們搜尋影片的演出，讓文字的想像，提升到詩詞、語言的聲韻和表演藝術層次的欣賞。

藉由這本文學的品讀，讓我們窺見校長豐厚的底蘊。在他討論的主題下，不論是科學或人文，必定蒐羅古今中外相關的記載，詳細援引事物的脈絡，為各個人物、事件或成語下注解，細緻而全面地還原問題的真相，讓我們跳脫自己的狹隘，客觀地得到答案。呈現在節目上的是十四個寒暑的閱讀與書寫，在公暇之餘的週末，平靜愉悅地融會與整理，成為每一個半小時的廣播節目。這樣安定與堅韌的學習精神和溫文儒雅的雍容大度，絕對是我們人生的標竿。

感謝校長的引領，讓何其有幸的我們，身處在傳承中華文化精髓的孤島上，書寫著數千年演進而成的文字，信手拈來古人的智慧，都與我們溝通無礙。姑且不論政治上爭論的國家認同，請讓我們開啟語言的大門，不論是英、法、日、韓、德語、西班牙或阿拉伯語……浸潤在整個民族的情懷裡，讓他們的生活體驗與智慧，開啟我們禁錮的心靈，成就另一個脫胎換骨的自我。

目次 Contents

目次 Contents

第四章 紙短情長的信函

第五章 別離悼輓的詩歌

目次 Contents

目次 Contents

第一章

字字珠璣的世界

啟蒙與教育

「教育」這個詞在拉丁文是ēducatiō，本意是「引導」和「養成」，在《孟子・盡心》就用過這個詞：「君子有三樂：父母俱存，兄弟無故，一樂也；仰不愧於天，俯不怍於人，二樂也；得天下英才而教育之，三樂也。」

教育是一個過程，從字面上可以拆開為教誨和孕育，「教誨」含有積極行動的意思，分得更細一點，教是灌輸，使用比較集中和強大的力量；誨是導引，使用比較全面和輕柔的力量。「孕育」含有提供和營造一個環境的意思，分得更細一點，孕是從無到有，育是從小到大。下文特別要談啟蒙教育，也可以叫做幼兒教育，其中有許多觀念和原則，在整個教育領域裡是相通的。

教育的過程有三個面向：傳授（instruct）、引導（invite）和啟發（inspire）。一、傳授，是知識的傳遞：對年僅三、四歲，在古代進私塾、在現代進幼兒園的小朋友們而言，他們對語言、文字、算術乃至歷史、地理、天文、氣象都毫無或只有薄弱的知識，因此教育內容的選擇是一個重要的事情——對現代的小朋友來說，還得加上對第二國語言和方言的考量等。二、引導，是學習方法和習慣的養成：我們要以傳授為過程，以內容為載具，培養小朋友們探索（exploration）、想像（imagination）、模仿（imitation）、重複（repetition）和記憶（memorization）等能力與習慣。三、啟發，是學習興趣的培養和提升：讓小朋友不但積極地投入目前的學習，從中得到快樂和鼓舞，還會更加主動地追求、發掘新的學習領域和方向。而這三個面向是相互為用、相輔相成的。

讓我做一個對比，很不幸的，在今天「考試掛帥」的教育環境底下，教學的內容就是一綱一本，不可逾越的考試範圍，學習的方法就是強記、死記、惡補加強，學生體驗到的是讀書的痛苦和考試的無理。

中國古代小朋友上私塾時，啟蒙用的課本就是所謂「三百千千」，即《三字經》、《百家姓》、《千字文》和《千家詩》。「啟蒙」就是從零開始，站在教育的觀點上，就是從完全沒有任何基礎開始，把基本知識和觀念，灌輸給初進入某一個學問領域的人。同時，小朋友們對學習方法和習慣的養成，也是從零開始，他們不懂得任何方法，沒有什麼好的和壞的習慣，至於讀書是一件快樂還是痛苦的事情，他們也毫無先入為主的經驗。當我們一一細讀「三百千千」這些啟蒙教材時，也的確可以從這三個面向來評量這些教材。

三字經

《三字經》至今依然是廣為流行的啟蒙讀物，內容大致可以分成四部分：一、道德勵志，二、生活常識，三、經典文學，四、歷史。

關於《三字經》的作者及寫作年代，一般推論為南宋學者王應麟所撰，約為西元一二〇〇年左右所編寫，和西元前二百年李斯編寫《倉頡篇》的時間相距約一千四百年，和西元前四十年西漢漢元帝時史游編寫《急就篇》的時間相距約一千二百年。

千字文

從好幾個角度來看《千字文》和《三字經》，內容有許多相似之處，但是編彙的原始動機卻大不相同。

首先，按照一般估計，漢字總數從五萬字到八萬字以上，常用字約為五千個。現在通用的指標是：小學一、二年級的學生應該認得七百至八百字；三、四年級應該認得一千五百至一千八百字；五、六年級應該認得二千二百至二千七百字。

《三字經》有幾個版本，字數是一千一百至一千二百字左右，《千字文》顧名思義就是整整一千字。《千字文》是怎樣彙編的呢？背後有一個有趣的故事。

周興嗣是南朝宋、齊、梁、陳裡蕭梁朝的大臣，梁武帝常請他寫文章，相傳梁武帝從王羲之所書的碑文上拓下了一千個不同的字，然後把一千張沒有秩序的紙片交給周興嗣，說：「卿家才思敏捷，就用這一千字作一篇韻文吧！」周興嗣花了一個晚上的工夫就把這篇《千字文》寫出來了，沒有一個字重複，而且四字一句押韻，內容包羅萬象，不但是一篇令人折服的文字創作，的確也很適合做為小孩子啟蒙用的課本。

後來，有人寫過不同版本的《千字文》，目前有本《中華字經》，共四千字沒有重複，也寫得很用心。現在簡體版《千字文》中，有些原是不同的正體字，卻變成同一個簡體字的情況。

以下我們選擇了一些《三字經》的句子來解說：

人之初，性本善。性相近，習相遠。

《三字經》一開始就說「人之初，性本善」，有人會問是不是開宗明義即斬釘截鐵地採納了「人性本善」的說法呢？人的本性是善還是惡，可以從很多不同的觀點來看，包括哲學、心理學、生物學和社會學等，不同觀點可能帶來不同結論，但如果我們比較狹義地從教育觀點來看，那麼「人之初，性本善」這個說法是有其道理的。

啟蒙時期的小朋友像一張純淨的白紙、一塊無瑕的白璧，都有無限的發展空間和潛力，他們充滿了好奇心和想像力，願意去探索、詢問，會自然地模仿和記憶，這些都是天生的特質，從教育的觀點來看就是「人之初，性本善」。

「性相近」就是說這些與生俱來的善良本性，本來沒有什麼差別；「習相遠」就是說因後天不同的學習影響，他們的學問、能力、性格才會愈來愈不一樣。的確，站在教育的觀點，天才兒童和天生智障都是少之又少的，多數人沒有真的輸在先天的起跑點上，只是後天的影響讓他們的人生之路變得大不相同。

有句成語「小時了了，大未必佳」，指小時候聰明伶俐，長大了卻不一定優秀傑出，正是「習相遠」的意思。

苟不教，性乃遷。教之道，貴以專。

「苟不教，性乃遷」，假如小孩不加以教育，原來善良的本性就改變了，這兩句可說是強調前面的「習相遠」。特別是在目前升學掛帥的教育環境裡，考試成為目的，教育只不過是過程，因此求知的欲望被壓抑了，求解的習慣沒有養成，創新的能力得不到培養，學術上存疑的性格更是變成最大禁忌，甚至被視為離經叛道，更突顯了教育對本性的影響。

「教之道，貴以專」，「專」有幾個層次的解釋，在態度上，「專」是專心一致，心無旁騖。在意義上，「專」是專精深入而不是廣泛浮誇，不是樣樣會，卻樣樣都不精；在時間上，「專」是專注一貫，持久不移，有始有終，而不是蜻蜓點水，見異思遷。

昔孟母，擇鄰處，子不學，斷機杼。
竇燕山，有義方，教五子，名俱揚。

舉出兩個父母親關心、教育子女的例子。

孟母三遷

孟子出生在山東鄒城，三歲時父親就去世了，由母親撫養長大，原本住在墓地旁邊，看到別人出殯辦喪事，孟子就模仿送葬者啼哭嚎啕的樣子和下葬的動作儀式，孟母說：「這不是孩子該住的地方。」於是帶著孟子搬到城裡，正好搬到殺豬、賣豬肉的店鋪旁，因此孟子常常和鄰居的小孩一起模仿殺豬和做買賣的事情，孟母又說：「這不是孩子該住的地方。」於是再度搬家到學宮旁邊，每月初一、十五，官員進入文廟，行禮跪拜，揖讓進退，孟子也一一記住了，孟母說：「這才是孩子該住的地方。」就此安居下來，這就是「孟母三遷」的故事。

孟母教子還有另一個故事：有一天孟子逃學回家，孟母正在織布，看見兒子蹺課，一句話也沒說就把機杼弄斷，機杼是織布機上用來穿線的梭子，將梭子弄斷，正在織的一匹布等於全毀了，孟母告誡孟子說：「求學就像織布，一根線一根線、一點一滴地累積，必須持之以恆，半途而廢就前功盡棄了。」

《尚書》說：「為山九仞，功虧一簣。」一仞是八尺，意思是搬一筐一筐的土來堆一座七十二尺的山，如果少了最後的一筐，仍然是沒有成功的。

五子登科

第二個父母教育子女成功例子是五代末年的竇禹鈞，因為祖居在燕山附近，所以人們也稱他為竇燕山。

竇燕山有五個兒子，每一個都有好好地接受教育，後來三個中了進士，兩個中了舉人，就是成語「五子登科」的出處。

二〇一三年，台積電董事長張忠謀先生榮獲臺灣大學頒授名譽博士學位，這是他拿到的第八個博士學位，他在典禮上講了一個小故事：年輕時，他的父親看到朋友家的春聯寫「五子四博士」，非常不服氣，也想寫「一子一博士」，卻被母親吐槽說：「好像弱了一點。」他接著說：「如果父親仍在世，現在就能寫『一子八博士』，母親也不會再說『弱了一點』了。」

養不教，父之過；教不嚴，師之惰。

親子之間

「養不教，父之過」，父母親對兒女有養和育的責任，養就是幫助他們生理上的成長，育就是幫助他們心智上的成長；如果只供給營養可口的食物、溫暖漂亮的衣服，而不好好地教育他們，那是父母親的過失。

父母親對兒女的教育有兩個層次，一個是家庭教育，包括言教和身教；一個是為他們安排家庭以外，即在學校裡、社會上教育的機會。

英國的一個公共政策研究中心，針對一九七五年到一九八五年的英國青少年成長過程的研究報告指出：全家人一起吃晚飯，是家庭教育最好的機會，也是歡聚感恩的時刻、學習禮貌和社交禮儀的時刻、交換訊息的時刻、彼此關懷和相互學習的時刻。但是現今社會裡，父母親因為工作的緣故，經常得在公司加班、在外面應酬，而小朋友放學後上補習班，往往晚上八、九點才回到家，在家裡一個人吃便當，坐在電視機前看節目、影片，坐在電腦前玩電動遊戲。這樣的生活模式的確會錯失親子教育的機會。

更何況父母不良的行為，往往會成為負面教育。曾看過一則笑話：老師寫了一張紙條給家長，告知他的兒子在學校偷了同學的一枝鉛筆；爸爸看完狠狠打了兒子一耳光，說：「我從公司帶回來那麼多鉛筆給你，為什麼還要偷同學的鉛筆呢？」

父母親對兒女教育的第二個層次，就是為他們提供在家庭以外的教育機會。我們看到許多父母即使自己縮衣節食，也要送兒女進雙語幼兒園、名師如雲的補習班、包羅萬象的才藝班，甚至暑期出國遊學、畢業後出國留學，孩子們的背後都能看到用心良苦的父母身影。

師生之間

「教不嚴，師之惰」，是說老師要嚴格、不可以偷懶。嚴是「嚴格」，老師對學生要有嚴格的要求，嚴格是高度的期許和精準細密的訓練。嚴是「嚴肅」，讀書必須有嚴肅的態度，讀書不一定要正襟危坐，但必須心虔意誠。嚴是「尊嚴」，老師有無上的尊嚴，相傳孔子過世，弟子子夏說：「一日為師，終身為父。」他留在孔子的墓旁守孝三年才離開，這就是對老師的尊敬。同時，老師受了父母的委託，教導學生也必須盡心盡力，嚴謹地把關，不可馬虎怠慢。

香九齡，能溫席。孝於親，所當執。融四歲，能讓梨。弟於長，宜先知。

先從孝悌講起，用黃香的例子來闡述「孝」字，用孔融的例子來闡述「悌」字。

九歲黃香孝侍父

黃香是東漢時代人，年僅九歲，母親就過世了，和父親相依為命，小小年紀就懂得孝順和照顧父親。夏天時，先用扇子將父親睡的蓆子和枕頭搧涼；冬天時，自己先躺在父親的睡床上溫暖了被褥，再請父親上床就寢，這就是黃香扇枕溫衾的故事。黃香學問好，能力強，為人公正無私，在漢章帝與漢和帝兩朝中，歷任尚書郎、左丞相等高官要職。

四歲孔融友兄弟

「弟於長，宜先知」指對於兄長的恭敬友愛行為是應該早早知道的。

孔融是孔子的第二十世孫，從小就顯露出過人的聰明才智，祖父六十歲生日那天，賀眾盈門，有人送了一盤梨做為賀禮，母親叫他分給哥哥和弟弟，孔融就依長幼次序把大顆的分給年長的，小顆的分給年幼的，但自己拿的是最小的，父親問：「為什麼別人得到的梨大，你得到的梨小呢？」孔融說：「樹有高低，人有高矮，尊老敬長，人之道也。」這就是孔融讓梨的故事。

有人開玩笑說，孔融運氣好，一盤梨有大有小，分起來容易，如果梨的大小都差不多，或者梨的數目不夠，他會怎麼辦呢？

吃梨不分離

再說三個關於梨的傳說故事。有一位朝廷大官張恭義一家九代同住在一起，和樂融融。有一天，皇帝賜給他一顆梨，雖然大家都想分享皇帝御賜的梨，但他決定大家都不吃，拿來供奉祖先，榮宗耀祖。

另一個故事是皇帝賜給大官一顆梨和一隻鴿子，他把梨子吃了，將鴿子帶回家和家人分享，皇帝問為什麼獨享一顆梨，他說：「我們全家永不分梨（離）。」

第三個故事是皇帝賜給大官一顆梨，他找來一大缸清水，把梨子打碎丟在水裡，讓家族每個成員喝一口缸裡的水，如此一來，全家人都能一起嘗嘗梨的滋味。

兄弟之間的爭奪

講到兄弟間的關係，自然會想到曹丕和曹植的故事。按照《三國演義》記載，曹操夫人劉氏生了一個兒子曹昂，不幸早歿；卞氏夫人生了四個兒子，曹操認為大兒子曹丕篤厚恭謹，二兒子曹彰勇而無謀，三兒子曹植最得他寵愛，但虛華少誠實，嗜酒放縱，四兒子曹熊體弱多病，所以曹操病危時決定傳位給曹丕。

曹丕登位後，因為曹熊在父親病逝時沒有回來奔喪，派人去問罪，曹熊畏罪自縊身亡。接著，曹丕又藉故把曹植捉起來，想將他除掉，在母親卞氏的求情下，曹丕對曹植說：「你常常在別人面前炫耀文采，我總懷疑你是找別人代筆，現在限你在七步之內作一首詩，完成了則免一死，否則治以重罪。」當時，宮殿上掛著一幅水墨畫，畫的是兩隻牛在牆邊相鬥，其中一隻墜井而亡。曹丕說就以這張畫為題，但不許用「二牛鬥牆下，一牛墜井死」中的任何一個字，曹植走了七步就把詩寫好，內容是「兩肉齊道行，頭上帶凹骨。相遇塊山下[1]，峍[2]起相搪突。二敵不俱剛，一肉臥土窟。非是力不如，盛氣不洩畢。」

正當大家驚訝之餘，曹丕又說：「七步成詩，我認為還是太慢，你能不能應聲隨口作一首詩呢？」曹植問：「什麼題目呢？」曹丕說：「我和你是兄弟，就以『兄弟』為題，但是不許用兄弟兩個字。」曹植不假思索地念出：「煮豆燃豆萁，豆在釜中泣。本是同根生，相煎何太急？」曹丕被感動得落淚，最後將曹植貶官，將他放走了。

兄弟姊妹的競爭

近代心理學家對兄弟姊妹之間嫉妒、競爭的現象（Sibling Rivalry）有相當廣泛的研究。一歲嬰兒開始能夠分辨父母親對待他們有所不同的地方，三歲就能逐漸了解和適應家庭生活的習慣和規律，也會衡量他和兄弟姊妹之間的關係，爭奪食物和玩具、拒絕分享、企圖吸引父母親的注意力、肢體的衝突等，都是常發生的事情，尤其是在兩個小孩年齡接近，性別相同，其中一個明顯比較聰明可愛的情形下，益形顯著。

為人父母不要偏心，不要當面比較孩子的優缺點，讓小孩獨立、自然地成長，不要勉強孩子循著相同或固定模式發展，鼓勵他們合作，注意他們的身體狀況，例如饑餓、疲乏都會影響他們的發育成長；同樣地，父母親的互動，甚至在孩子面前爭吵也會影響他們的心理狀況。

兄弟姊妹間嫉妒和競爭，從嬰兒時期開始或許會逐漸消失，但也可能延長到青少年和成年，大多是明顯的傳統指標比較，在青少年時期，例如考試的成績、體格和容貌、往來的朋友等；成年之後，例如事業上的成就、財富的累積、婚姻和家庭的狀況等，都會因為兄弟姊妹之間從小比較親密的關係，而引起比較多嫉妒和競爭。

我們從新聞中看到很多富二代兄弟姊妹間，為了爭奪父母親的遺產，不惜惡言相向，甚至對簿公庭，因此父母親對孩子之間的教育的確不可不用心。

披蒲編，削竹簡，彼無書，且知勉。
頭懸梁，錐刺股，彼不教，自勤苦。

用路溫舒、公孫弘、孫敬和蘇秦的例子鼓勵孩子刻苦勤學。

就地取材抄書勤讀

路溫舒是西漢年間的人，父親叫他去牧羊，他在水邊割蒲草的葉子編成書簡用來抄寫，後來成為著名的司法家。他撰寫的〈尚德緩刑書〉勸漢宣帝崇尚道德，減緩刑罰，是古文的名作之一。

公孫弘也是西漢年間的人，因為家貧無法好好讀書，直到四十幾歲時還在幫人家放豬。他覺得自己年紀已大，一事無成，於是下定決心努力讀書，但他沒錢買書。有一天，他在竹林中放牧豬隻，突然想到竹子是很好的書寫材料，於是砍了許多竹子，削去青皮，製成一片片竹板，再向人家借書把內容抄寫在竹簡上，利用空閒時閱讀。後來成為一名學者，官至丞相。

懸梁刺股發憤苦讀

孫敬是東漢時代著名的學者、政治家，他年輕時勤奮好學，夜以繼日不休息，為了避免打瞌睡，他把繩子的一端綁住頭髮，另一端則綁在梁上，就是「頭懸梁」這句話的出處。孫敬常年閉門謝客，不和別人往來應酬，專心攻讀詩書，所以被稱為「閉戶先生」（和今天慣用的「宅男」一詞相似）。

戰國時代的蘇秦跟隨鬼谷子學成後，周遊奔波數年，一事無成，回到家裡後，家人都對他不理不睬；於是閉門苦讀，每當讀書讀得疲倦，忍不住想打瞌睡時，就拿起一支錐子刺自己的大腿以振作精神，這就是「錐刺股」一句的出處。一年多後，蘇秦苦讀有成，出發遊說六國，合縱抗秦，並促成六國達成聯合盟約，由他擔任縱約長，同時在六國都被任命為宰相。這時返回家鄉，家人對待他的態度簡直反轉了一百八十度。

如囊螢，如映雪，家雖貧，學不輟。如負薪，如掛角，身雖勞，猶苦卓。

以車胤、孫康、朱買臣和李密做為例子，他們雖然家境貧窮，仍然好學不輟。

囊螢映雪終成大器

車胤是東晉時代的人，小時候家貧，家中連點燈的油都沒有，夏天時，他捉了螢火蟲放入絹布做的袋子裡，靠著螢光照明來讀書，長大後官拜吏部尚書。

車胤還有另一個故事：東晉孝武帝要講《孝經》給大家聽，謝安、謝石兩兄弟和其他人先在家裡一起討論，車胤也在其中，他有些疑問卻不敢開口請教，因為謝安、謝石都是非常有名望的大官和文人，車胤對旁邊的人說：「不問就不能把精采的內容弄清楚，問了又怕勞煩謝家這兩位大人物。」那個人說：「你儘管問好了！哪裡曾見過鏡子因人們常常照用而疲乏，清澈的流水在乎和風的吹拂呢？」此即「明鏡不疲於屢照」的出處。

我們做學生的，有疑問就要請教老師和長輩，因為他們都樂於指點我們，不會覺得厭煩；當然，我們也要記得孔子說的「不恥下問」，年輕一代的人有很多創意，只要保持對事物的好奇心，虛心求教，往往能收穫豐富。

孫康是晉朝人，年輕時因家裡窮，沒有錢買油點燈，冬天晚上下雪後，映著雪光來讀書，後來官至御史大夫。

鑿壁偷光

大家應該聽過「鑿壁偷光」的故事。西漢匡衡喜歡讀書，家鄉裡有戶人家藏書眾多，他就到那戶人家打工，講明不要酬勞，只要主人將家裡的藏書借給他看。他對《詩經》的研究很透澈，造詣很高，當時人有幾句順口溜：「無說《詩》，匡鼎來；匡說《詩》，解人頤。」（沒有人講解《詩經》，就把匡衡請來，匡衡來講解《詩經》，大家都樂開懷。）漢元帝時，匡衡官至宰相之位。

二〇一二年，中國文學家莫言榮獲諾貝爾文學獎，他在電視專訪時說自己從小愛書，為了向鄰居借書來看，幫鄰居推磨，每推十圈才能看一頁，訪問的記者問：「不能推一圈就看一頁嗎？」莫言答說：「我願意，人家不願意呀！」

負薪掛角苦讀成材

朱買臣是西漢漢武帝時期的政治人物，年輕時靠砍柴維持生計，即使背著柴薪在路上走時，還是一面讀書，後來妻子覺得他沒有前途，就離開他改嫁了。崑曲《爛柯山》裡按照民間傳說描述朱買臣榮華富貴後，用「覆水難收」的說法拒絕和妻子復合的故事。

李密是隋朝人（不是西晉時期撰寫〈陳情表〉的李密），年輕時在隋煬帝的宮廷裡當侍衛，後來隋煬帝覺得他做事不專心，免掉了他的差事；李密回家後發憤讀書，有一天騎著牛出門，宰相楊素發現他在牛角上掛著《漢書》，看到他如此把握時間讀書，就提拔了他。

囊螢映雪、鑿壁偷光、負薪掛角都是隨時讀書、隨地讀書的榜樣，歐陽脩有比較風趣的說法，他的《歸田錄》：「平生所作文章，多在『三上』：乃馬上、枕上、廁上也。」同時代的錢惟演也說：「生平惟好讀書，坐則讀經史，臥則讀小說，上廁則閱小辭。」意即生平只喜歡讀書，坐著時讀經史，躺著時讀小說，上廁所時則讀短小的詩詞。

蘇老泉，二十七，始發憤，讀書籍。彼既老，猶悔遲，爾小生，宜早思。

舉蘇洵和梁灝兩個例子說明讀書不要受年齡限制，正是我們今天所說的終身學習！

中國文學中，被稱為唐宋八大家的是唐代的韓愈、柳宗元和宋代的歐陽脩、蘇洵、蘇軾、蘇轍、王安石、曾鞏八位傑出的文學家，其中蘇家父子並稱三蘇。

蘇洵就是蘇老泉（雖然也有人認為老泉是蘇軾的稱號），年輕時到處遊山玩水，到了二十七歲，在夫人程氏的鼓勵支持下才決心發憤讀書；四十多歲時，帶著蘇軾和蘇轍謁見歐陽脩，得到他的賞識，因此聲名大噪。

《古文觀止》裡收錄一篇他的精采軍事論文〈心術〉，就是當將領應該具備的心理條件，這篇文章的警句說：「為將之道，當先治心，泰山崩於前而色不變，麋鹿興於左而目不瞬，然後可以制利害，可以待敵。」就是面對敵人不恐懼、不分心。又說：「凡戰之道，未戰養其財，將戰養其力，既戰養其氣，既勝養其心。」就是戰事前做好充分的資源準備，面臨戰爭時要養精蓄銳，在戰爭中保持高昂的士氣，勝利後要平心靜氣，不驕傲、不鬆懈。又說：「善用兵者，使之無所顧，有所恃。」讓士兵沒有顧忌和擔憂，覺得有依靠和扶持，就不怕死，不會失敗。

若梁灝，八十二，對大廷，魁多士。彼既成，眾稱異，爾小生，宜立志。

宋朝的梁灝到了八十二歲才中狀元，鼓勵小朋友要不斷努力，有志者事竟成；不過歷史記載，梁灝二十三歲中狀元，四十二歲就去世了。《三字經》也許是受到陳正敏的《遯齋閒覽》影響，以訛傳訛吧！

按照《三字經》說法，梁灝八十二歲中了狀元後，寫了一副對聯：「白首窮經，少伏生八歲；青雲得路，多太公二年。」就是說我比到了九十歲應漢文帝的請求傳授《尚書》的伏生還小八歲，但比八十歲輔佐周文王的姜太公只大兩歲而已。

明朝雜劇《梁狀元一世不服老》取材於《遯齋閒覽》，裡面有一首〈登科謝恩詩〉：「天福三年來應舉，雍熙二載始成名。饒他白髮巾中滿，且喜青雲足下生。觀榜更無朋輩在，到家唯有子孫迎。也知年少登科好，爭奈龍頭屬老成。」據傳他在西元九三八年（後晉天福三年）第一次應試，歷經後漢、後周，至西元九八五年（宋太宗雍熙二年）才中了狀元，整整考了四十七個年頭！

幼而學，壯而行，上致君，下澤民。揚名聲，顯父母，光於前，裕於後。

幼時勤奮學習，長大學以致用，上能報效君主，下能造福百姓，這是一個受過教育的人應該有的抱負，而不是好好照顧自己就足夠了。

如果你為大家做出貢獻，大家就會讚揚，而且父母可以分享榮耀，連祖先也因此增添光彩，同時為後代留下了好榜樣。

孔子在《孝經》第一章開宗明義地為「孝」這個觀念下了一個定義：「身體髮膚，受之父母，不敢毀傷，孝之始也。」「立身行道，揚名於後世，以顯父母，孝之終也。」其實揚名於後世，豈只是為父母，能夠把好的觀念、創作、典範、事業、制度流傳於後世，正是每一個人做人做事的目標。

人遺子，金滿籯，我教子，惟一經。

別人留給兒子的是一箱一箱金子，但我留傳給兒子的就是這本《三字經》裡的教訓，希望他們能勤於讀書學習，長大後成為有作為的人。

知識是人類最寶貴的財富。做父母的再有錢，如果子女不求長進，又有什麼用呢？金錢財富總有用完的一日。到那時，一無所長，什麼事也做不來，反而是害了他們；而書籍中自有修身、齊家、治國、平天下的道理，這才是取之不盡、用之不竭的寶藏。

清代名臣林則徐的祠堂有一副對聯：「子孫若如我，留錢做什麼？賢而多財則損其志；子孫不如我，留錢做什麼？愚而多財益增其過。」英文裡有一句諺語：「The best inheritance a parent can give to his children is a few minutes of their time each day.」意思是說父母能夠留給兒女最好的遺產，就是每天幾分鐘的相處時光，今天步調匆忙快速的社會裡，有多少父母能夠做到呢？

勤有功，戲無益，戒之哉，宜勉力。

《三字經》最後四句是「勤有功，戲無益，戒之哉，宜勉力」。只是為了告訴孩子們，凡是勤奮上進的人都會有好的收穫，而只顧著貪玩、浪費大好時光的人，最後一定會後悔。

我們要時刻提醒自己，珍惜大好時光，持之以恆地讀書學習，就會得到豐厚的收穫，思想和學識因此愈加豐富，將來能做出更多貢獻，才不枉人生在世。

但是這四句，今天也許可以改成「勤有功，戲無害，雙管下，快樂來」。英文裡也有一句話：「All work and no play makes Jack a dull boy, all play and no work makes Jack a mere toy.」

工作和遊戲是小朋友成長過程中的一體兩面，更是相輔相成的，努力把學習做好，會玩得更開心，玩得盡興才會把學習做得更好。尤其是在今天的教育環境之下，做家長的是不是為兒童安排了太多的補習課程、雙語課程，甚至才藝、運動、服務，這些有趣的活動都變成了趕進度、爭結果的課程？戒之哉！戒之哉！

注釋

1. 土堆的小山。
2. 山崖。

第二章

不枉此生的歷史人物

亂世梟雄曹操

曹操是東漢末年著名的政治家、軍事家和詩人，生於西元一五五年，死於西元二二〇年，享年六十五歲。

先把歷史時間點做一個簡單的整理：東漢立國大約二百年，也是由盛而衰，黃巾之亂，群雄並起，漢室分裂為曹魏、蜀漢、東吳三個國家，曹魏由曹丕建國，蜀漢由劉備建國，東吳則由孫權建國，這就是三國時代。後來魏國消滅蜀國，魏國的司馬炎把曹家的天下搶過來，將國號改為晉，這就是西晉的開始；後來西晉把東吳消滅，代表維持約六十年的三國時代結束。

獻刀

東漢末年，漢靈帝病逝，掌握兵權的董卓廢了登基才五個月的少帝，把只有九歲的漢獻帝推上帝位，董卓的官位是相國，大權在握，過著荒淫殘暴的生活。

朝廷裡反對董卓的人，想要找個辦法消滅他。當時，曹操是個和董卓相當接近的軍官，自願去刺殺董卓。他帶了一把七星寶刀去見董卓，董卓問他：「你怎麼來得這麼晚？」曹操說：「我的馬太瘦弱，跑得不快。」董卓就吩咐在旁侍奉的乾兒子呂布去牽一匹好馬送給曹操。正好，董卓累了，在床上躺下，轉面向內，曹操看到機會來了，把刀拔出，沒想到，董卓在鏡子裡看見曹操把刀拔出，就問曹操：「你在幹什麼？」這時，呂布正好把馬牽來，曹操說：「我有一把寶刀，要呈獻給相國。」董卓拿來一看，果然是一把好刀，就吩咐呂布把刀收下。董卓帶曹操去外面看呂布牽回的馬，曹操說：「讓我試騎一下吧！」騎上馬就往城外逃跑了。

捉放曹

董卓和呂布對曹操獻刀的說法起了疑心，下令各地懸賞捉拿曹操，曹操跑到一個小地方，被當地官兵認了出來並送到縣官那裡，縣官的名字叫做陳宮，曹操說：「我只是一個過路的商人。」陳宮打量他一陣子後，說：「我以前見過你，我認得你是曹操。」就把曹操監禁起來，當天晚上，陳宮暗地把曹操從監牢裡抓出來，問他為什麼要謀殺董卓？曹操說：「董卓是個叛逆奸臣，我要回到故鄉，召集天下諸侯興兵共誅董卓。」陳宮被他打動了，決定拋棄官位和家人，跟他一起去。

走了三天，來到一座森林附近，曹操說：「這裡有一個我的老朋友呂伯奢，我們去他家裡投宿一晚吧！」呂伯奢接待他們住下來，還對他們說家裡沒有好酒，要出去買點回來款待他們。呂伯奢出去後，曹操和陳宮聽到屋後有磨刀的聲音，他們偷偷跑到屋後竊聽，聽到有人說：「綁起來殺吧！」曹操說：「糟了，我們不先下手，一定被他們抓起來殺掉。」他和陳宮拔出劍，到屋後，不問男女老少，把呂伯奢一家八口都殺死了。當他們搜索到廚房時，才發現要被綁起來殺的是準備用來款待他們的一頭豬，陳宮說：「你疑心太重，誤殺好人了。」他們倆急急上馬離開，卻在路上遇到買酒菜回來的呂伯奢，呂伯奢說：「你們要去哪裡？」曹操說：「我們有罪在身，不敢久留。」呂伯奢說：「我已經叫家人殺一頭豬來款待你們，就留一個晚上吧！」曹操沒有答應，往前就走，走了幾步，曹操把呂伯奢叫回來，說：「你看那邊來的是誰？」呂伯奢一轉頭，曹操就提劍把呂伯奢殺了。陳宮大吃一驚，他說：「剛才是誤會，現在為什麼還要殺呂伯奢呢？」曹操說：「呂伯奢回到家，看到我們殺了他全家人，怎會干休？一定會帶人追殺我們，所以，我得先下手殺掉他。」陳宮說：「明明知道了還要殺害老朋友，是大大的不義。」曹操說：「寧教我負天下人，休教天下人負我。」陳宮沒有再多說話，連夜離開了曹操。這就是京劇裡〈捉放曹〉的故事，「捉放曹」是指陳宮已經捉到曹操卻又放他走，因此這個詞也廣泛地指本來已經捉到、掌握住的人或事件，卻因為某種原因，放過了這個人或事件。

華容道

《三國演義》裡，還有另一個被後人稱為捉放曹的故事：赤壁大戰諸葛亮借東風，周瑜火燒連環船，大敗曹軍後，曹操落荒而逃，諸葛亮早已算準曹操的逃亡路線，安排好重重埋伏，第一重是趙子龍，第二重是張飛，曹操靠手下將士的保護，在混戰中僥倖衝出重圍而逃。可是，到第三重華容道上，一聲砲響，兩邊軍兵排開，關雲長提青龍刀、跨赤兔馬攔住去路，曹操說：「既然如此只好一決死戰。」手底下的人對他說：「兵疲馬乏，實在無法打了，不過，關雲長的個性是欺強而不凌弱，恩怨分明，您舊日有恩於他，如果親自向他求情，也許可以逃脫一劫。」

這就得回到先前的一段往事。曹操帶著二十萬大軍兵分五路攻打徐州，劉軍被曹軍打敗，劉備和張飛都失散了，關雲長為了保護劉備的兩位夫人，被曹操招降。曹操為了攏絡關羽，對他非常好，三日一小宴，五日一大宴，又送了十位美女服侍他，還把呂布的赤兔馬送給他。但是，當關羽打聽到劉備的下落後，決意離開曹操，過五關斬六將，護送劉備的兩位夫人和劉備團聚。當關羽想起曹操的恩義，尤其是他一連斬了曹操的六員大將，曹操還是下令讓他通行離開，關羽是個義重如山的好漢，於是把曹操放了，正是：「只為當初恩義重，放開金鎖走蛟龍。」

望梅止渴

曹操經過「捉放曹」一番曲折，逃得活命後，號召了十七路諸侯並推袁紹為盟主，起兵討伐董卓。這中間一連串的鬥爭和戰爭，先是呂布殺了董卓，後來曹操殺了呂布，也殺了當年放了他一馬、投靠呂布的陳宮，輪到他來挾持漢獻帝。

這時，劉備在漢獻帝面前被尊稱為皇叔，但劉備害怕曹操要謀害他，低調地躲在家裡種菜，打發時間。有一天，曹操派人請劉備到丞相府的後園喝酒，曹操指著梅樹上的青梅，告訴劉備一段小故事：「一年前我帶兵出征，路上沒有水，官兵都非常口渴，我心生一計，策鞭向前指著說：『前面有一株梅樹，到了那兒就可以有青梅解渴了。』官兵聽了，口水都流出來，也就不再口渴了。今天我看到這些青梅，覺得一定要請您過來喝酒賞梅。」這就是「望梅止渴」的故事。

煮酒論英雄

曹操和劉備喝酒喝了一半，天上陰雲密布馬上要下大雨，曹操問劉備說：「您有很豐富的經歷，您覺得誰是當世的英雄呢？」劉備推託了一陣後，講了幾個名字，都一一被曹操否定，劉備說：「我就不知道還有誰了。」曹操說：「英雄人物，胸懷大志，腹有良謀，有包藏宇宙之機，吞吐天地之志。」劉備問：「那有誰夠格呢？」曹操說：「今天下英雄，唯使君與操耳！[1]」劉備聽了大吃一驚，因為這樣說來，你可不是一定要把我幹掉嗎？劉備連手中拿著的筷子都掉在地上，正好這時雷聲大作，為了掩飾自己的驚慌，劉備從容地低下頭把筷子撿起，說：「威猛的雷聲，把我嚇一跳。」

雞肋——食之無味，棄之可惜

楊修是曹操手下，隨著軍隊管理文書檔案的主簿，曹操帶兵和劉備大將馬超對敵，前進被拒，想要退兵，又怕被人恥笑，猶豫不決，進退兩難。一天晚上，一位將軍來問當天的夜間口令（古代行軍，夜間視線不清，為了避免敵我不分，所以，每天都有一個新的夜間口令，答得出來的才是自己人。）當時，曹操正吃完晚飯，看著碗裡的雞肋，他說：「夜間的口令就是『雞肋』吧！」當這位將軍把夜間的口令傳出來時，楊修說：「丞相要撤兵了，我們開始收拾行李吧！」別人問為什麼？他說：「雞肋這塊骨頭，食之無味，棄之可惜，表達了丞相雖然捨不得，卻要退兵放棄漢中這個地方的心意。」當天晚上，曹操聽到這個消息，以「擾亂軍心」的罪名將楊修砍頭了。事實上，過了不久，曹操真的自漢中退兵。這就是「食之無味，棄之可惜」這句成語的出處。

龜雖壽

建安五年，曹操在官渡之戰大敗袁紹，接著第二年在倉亭之戰再敗袁紹，袁紹吐血身亡，他的幾個兒子逃到北邊的烏桓。建安十二年，曹操帶兵北征烏桓，大獲全勝，就在大勝回朝的路上，曹操寫了〈步出夏門行〉這組詩。〈步出夏門行〉是樂府裡按照詞和曲將詩分類的一個舊題目。曹操的〈步出夏門行〉有一段是序，接下去有四首詩，第四首詩的題目是〈龜雖壽〉。曹操那個時候已經五十三歲，在古代算是老年了，但是，他剛剛打了一個大勝仗，總有些躊躇滿志的得意。

〈龜雖壽〉這首詩是這樣的：

神龜雖壽，猶有竟時。
騰蛇乘霧，終為土灰。

《莊子．秋水》篇裡說：「吾聞楚有神龜，死已三千歲矣。」我聽說楚國有一隻神龜，牠死的時候已經三千歲了；曹操倒過來說，神龜的壽命雖然很長，但還是有終結的時候。

《韓非子．勢難》篇裡說：「飛龍乘雲，騰蛇游霧，雲罷霧霽，而龍蛇與螾螘同矣。」龍乘著雲飛，蛇在霧裡游，等到雲和霧消失了，它們也就和蚯蚓、螞蟻一樣了。曹操引用韓非子的意思說：游在霧裡的蛇，最後也化為土灰。

這四句就是說：任何英雄好漢，都逃避不了最終死亡的命運。不過，他話鋒一轉：

老驥伏櫪，志在千里。烈士暮年，壯心不已。

驥是良馬，櫪是馬槽，年紀大了臥在馬槽裡的良馬，牠的雄心壯志還是要馳騁千里；烈士是胸懷壯志的人，有大志向的人到了晚年，奮發求進的雄心還是不會停下來的。

這四句是說：我年紀雖然不小了，但是，還是有雄心壯志，好好做一番大事。接下去：

盈縮之期，不但在天。養怡之福，可得永年。

盈是滿，指長壽，縮是減低，指短命，人的壽命的長短，不只是由天決定的。只要自己好好保養，就可以活得長久了。

幸甚至哉，歌以詠志。

我真是幸運極了，就用歌唱來表達我的感受吧！

這六句表達出曹操概然看得透天命，也知道要保養和感恩的心情。

曹操的詩讓我想起王勃的〈滕王閣序〉裡的兩句：

老當益壯，寧移白首之心；窮且益堅，不墮青雲之志。

諸位讀者，滿頭白髮的老人，他們的壯志不會輸給你們年輕小夥子呀！

短歌行

建安十三年，曹操帶兵南下，取得荊州後，又在著名的長坂坡之戰擊敗劉備，聲勢浩大，劉備和孫權不得不接受聯手對抗曹操的建議，就是後來的赤壁之戰。曹操挾著勝利的威風，帶著大軍，沿著長江順流南下，建安十三年的冬天十一月十五日夜晚，風平浪靜，東山月上，皎皎如同白日，曹操坐在大船上，兩旁是文武百官和數百個錦衣繡襖、荷戈執戟的侍衛，曹操開心極了，誇下豪語：「我自從領兵起義以來，為國家除凶去害，誓願掃清四海，削平天下，現在還未得到的只有江南，我手上有百萬雄師，又得到你們的協助，哪怕不成功呢？」談笑之間，忽然聽到烏鴉的叫聲，往南飛去，曹操問為什麼這隻烏鴉會在晚上啼，左右說也許因為今天晚上月色很亮，烏鴉以為天亮了，所以，從棲身的樹上飛出，曹操又大笑，再喝了三杯酒，橫拿著一支六、七尺長的矛槊對旁邊的百官說：「我拿著這支槊，破黃巾，擒呂布，滅袁術，收袁紹，深入塞北，直抵遼東，縱橫天下，實在不負大丈夫之志，此情此景，讓我唱一首歌吧！」這就是《短歌行》：

對酒當歌，人生幾何？譬如朝露，去日苦多。

對著酒唱歌，人生能有多長呢？清晨的露水，太陽一出來馬上就要消失了，人生就像朝露一樣短暫，逝去的日子已經很多了。

慨當以慷，憂思難忘。何以解憂，唯有杜康。

讓我們慷慨高歌吧！令人忘不了憂愁的事實在太多了。怎樣排解憂愁呢？只有靠酒了。杜康是中國夏朝第六位皇帝，傳說他是第一個發明釀酒過程的人，也被尊為酒神，所以，杜康也是酒的代名詞。這幾句是開場白，只是說藉酒解憂，這個憂是憂國憂民的憂。接下來曹操就道出他想招攬天下的人才，幫助他做一番大事業的心願。

青青子衿，悠悠我心，但為君故，沉吟至今。

引用了《詩經》中的〈子衿〉，青青的是你的衣襟，悠悠的是我心中的掛念，為了你，我一直在等待。在這裡，曹操等待的不是戀人，而是一個可以幫助他建功立業的賢能之人。

呦呦鹿鳴，食野之苹，我有嘉賓，鼓瑟吹笙。

直接抄了《詩經》中〈鹿鳴〉的開頭兩句，表示對賓客、也就是曹操想招攬的賢能之人的禮遇。

明明如月，何時可掇？憂從中來，不可斷絕。

掇是摘取得到的意思。你就像天上的明月，何時才可以把你摘下來呢？我心裡對國事的擔憂，是不會停止的。

越陌度阡，枉用相存。契闊談宴，心念舊恩。

阡陌是田裡的小路，南北向叫阡，東西向叫陌；「枉用相存」這一句在文獻裡有兩個解釋，我選擇的解釋是：枉是彎曲的意思，用是直的意思，「枉用相存」就是賓客有從彎的路來的，也有從直的路來的，這一句的意思是四面八方從各種途徑前來的賢能之人，都極受歡迎。契是聚合，闊是分離；久別重逢，設宴交談，懷念舊日的恩情。

月明星稀，烏鵲南飛，繞樹三匝，無枝可依。

表面上這是描寫曹操看到烏鴉南飛的情境，但也暗指對目前還沒有歸宿的賢能，他非常期待和歡迎。

山不厭高，水不厭深。周公吐哺，天下歸心。

老子《道德經》說：「山不辭土，故能成其高；海不辭水，故能成其深。」意思是山不排斥一粒小塵土，所以才能那麼高；海不排斥每一滴小水，所以才能那麼深。也表達出曹操網羅各種人才的心願。

周公姓姬名旦，是周文王的兒子，周武王的弟弟。周武王死後，周成王只是個嬰兒，周公輔助周成王管理天下。按照《史記》的記載，周公對兒子說：「我是文王的兒子，武王的弟弟，成王的叔父，而且貴為丞相，我的地位也不算低了，但是，我常常洗澡沒洗完，就把頭髮束起來，吃飯沒有吃完，就把口中的飯吐出來，要和來訪的客人見面，因為我不要失去接待延攬賢士的機會。」曹操也表達了要像周公那樣禮賢下士，才能使天下眾人歸向的心願。

晏嬰事君

晏子名嬰，是歷經戰國時期齊靈公、齊莊公、齊景公的三朝元老，曾經有人問他：「您侍奉過三位國君，仕途都很順暢，是不是您有三心呢？」晏子回答：「一顆愛國愛民的心，可以侍奉一百位國君。」

晏子的故事在《史記．管晏列傳》和很多古籍都可以找到，最完整的文獻就屬西漢時期劉向所編纂的《晏子春秋》，其中記載許多晏子勸告齊君要勤政愛民、虛心納諫、飲酒要節制等事蹟。

掛羊頭賣狗肉

晏子的父親晏弱在齊靈公時官拜上大夫，晏弱死後，晏子繼任，持續輔佐朝政。當時，齊靈公喜歡後宮婦女作男子打扮，風氣傳開後上行下效，全國婦女都跟著扮男裝。靈公得知後非常驚訝，認為此風不可長，於是下令：「凡是婦女穿男子服飾，撕裂她的衣服，剪斷她的腰帶！」但風氣並不因此停止，齊靈公問晏子為什麼這樣。晏子說：「大王在宮內鼓勵婦女扮男裝，卻在宮外禁止。這不正如在宮門上掛一個牛頭，卻在宮內賣馬肉一樣嗎？為何不一起禁止宮內婦女作男子的打扮呢？」齊靈公接受晏子的諫言，一個月之內事情就平息了。這個故事就是今日「掛羊頭賣狗肉」這句話的出處。

喝酒節制

齊景公在位五十八年，登基時晏子才四十三歲，輔助景公超過三十年。有一次齊景公和群臣共飲，興高采烈地說：「今天要和眾卿喝個痛快，不必拘禮！」晏子聽了臉色立刻一變，說：「皇上說得有點偏差。如果大家都不拘禮數，那麼力氣大的就可以欺負長輩，膽量夠的就可以殺害國君。禽獸靠力氣彼此攻擊，以大欺小，如果我們不拘禮數，就和禽獸一樣了。」景公聽不進去，也不理會晏子。

過了一會兒，景公離席出去，晏子不起身恭送，景公回來入座，晏子不起來相迎，交杯互敬時又搶先喝酒。景公生氣說：「你剛才對我說人不可以無禮，而你卻這般不禮貌對待我！」晏子說：「我怎麼會忘記剛才說過的話呢？我只是用具體的行動來說明無禮而已。」景公說：「那是我的過錯。」酒過三巡後就停下不再喝了。

還有一次，齊景公喝酒七天七夜不止。大臣弦章勸諫說：「陛下已經喝了七日七夜，臣希望陛下不要再喝，否則就賜臣一死好了！」晏子進來，景公對晏子說：「如果我聽弦章的話，等於國君被臣子管制；不聽他的話賜他一死，內心又有所不忍。」晏子說：「幸虧弦章遇到陛下這樣的賢君，如果遇到夏桀和商紂，他早就活不成了。」景公一聽，就不再喝酒了。

鬥智吳王夫差與楚靈王

晏子有一次出使吳國，吳王夫差聽說晏子是北方最擅長言詞、最懂得禮儀的人，於是向掌管朝覲禮儀的官員交待，當晏子來覲見時，就傳報「天子召見」。第二天晏子到來，接待人員大聲傳報天子召見，晏子動也不動，露出不認同的神情，接待的人再傳報天子召見，晏子還是不動。等到第三次傳報，晏子說：「小臣受敝國國君命令出使到吳國來，我竟糊里糊塗走到周天子的宮廷。請問吳王在哪裡？」吳王聽了之後就讓傳報的人改口說：「夫差召見！」並以諸侯的身分接待晏子。夫差狂妄自大的作風，立刻被晏子一語點破。

晏子出使楚國，楚靈王知道晏子身材矮小，叫人在大門旁邊開了小門迎接他。晏子說：「只有出使到狗國才從狗門進入，我現在出使楚國，不應該從這道門進。」接待的人只好讓他從大門進去。

楚靈王接見晏子說：「難道齊國沒有人才，竟然派你來當使者？」晏子說：「齊國的首都臨淄城有七千五百戶人家，百姓張開衣袖足以遮蔽太陽，揮甩汗水就成為一陣雨，路上的行人肩膀並著肩膀，腳尖接著腳跟，怎能說沒有人呢？」楚靈王問：「那麼為什麼派你來呢？」晏子回答：「敝國派遣使者有一個原則，賢能者出使見賢明的國君，不賢者出使到不賢的國君那裡去。我最不賢，因此被派來楚國最合適。」

楚靈王安排酒席款待晏子，喝得正高興時，兩名官兵押著一個囚犯來到楚靈王面前，楚王問：「這囚犯是什麼地方人？犯了什麼罪？」官兵說：「他是齊國人，犯了盜竊之罪。」楚王問晏子：「齊國人都喜歡偷東西嗎？」晏子站起來回答：「我聽說橘子生長在淮水之南，是又大又甜的橘子；生長在淮水之北，就是又小又酸的桔子，雖然它們的枝葉相似，味道卻大不相同，原因就是水土不同。住在齊國的人本來不會盜竊，來到楚國後就會偷雞摸狗，難道真的是楚國的水土使人民變成盜賊嗎？」楚靈王說：「真是不能隨便和有才華的人開玩笑，我是自取其辱了。」

儉樸專情

晏子在齊國雖然位高權重，卻過著非常儉樸的生活，齊景公多次要贈金封地，他都堅持不受。有一天大臣梁丘據看到晏子吃中飯，竟然沒有多少肉，向齊景公報告這個狀況。齊景公要把都昌這塊地封給晏子，晏子拒不接受，說：「富貴而不驕奢的人，我從來沒有聽說過，貧窮而不埋怨的人，那就是我。我之所以能夠處身在貧窮中而不埋怨，是因為我以貧窮做為生活指引。陛下封地會改變我的生活指引，讓我不再把貧窮放在心上，只會記得封地了。」

有一次晏子正在吃飯，齊景公派使者來，晏子把飯分給他吃，使者沒吃飽，晏子也沒吃飽，使者回去報告景公。景公說：「晏子這麼貧窮，我竟不知道，那真是我的錯！」於是派人送錢給晏子，說是用來接待賓客的錢，晏子也不接受。

還有一次晏子乘一輛破車，駕一匹劣馬上朝，齊景公見到說：「先生的俸祿太少了嗎？為什麼坐這麼破舊的馬車？」齊景公派梁丘據送大車和駿馬給晏子，去了三次，晏子始終不肯接受。

晏子住的地方也不是達官貴人的豪宅區，齊景公要替他換官邸，對他說：「先生住的地方靠近市場，潮溼狹小又吵雜，灰塵也多，實在不適合居住。」晏子辭謝說：「我的先人能夠居住的地方，如果我不能繼續住下來，那就太奢侈了。身為一個小市民，住家靠近市場，買東西非常方便。」

齊景公話鋒一轉：「既然先生的家離市場很近，是否知道貨物的貴賤呢？」晏子回答：「當然知道。」景公問：「什麼東西便宜？什麼東西昂貴？」那時齊景公常施行「刖刑」（就是砍去犯人的一隻腳或雙腳），受過刖刑的人要穿上名為「踴」的特製鞋子才能走路。晏子說：「受過刖刑的人穿的踴供不應求，所以價格高；普通人穿的鞋子賣不出去，所以價格低。」齊景公聽了為之動容，於是大幅減少刖刑。

齊景公想把自己的愛女嫁給晏子，親自到晏子家做客，喝酒喝得有點醉了，齊景公看到晏子的妻子出來，問道：「這是先生的妻子嗎？」晏子說：「是。」齊景公說：「她又老又醜，我有一個女兒年輕貌美，把她嫁給你吧！」晏子恭敬地站起來說：「我的妻子雖然現在又老又醜，可是我和她共同生活很久了，曾經見過她年輕貌美的時候。為人妻者，本來就應該從年輕貌美到年老醜陋都跟著丈夫。她把終身託付給我，我也接受了，陛下要把女兒賜給我，但我怎能違背妻子的託付呢？」

愛國詩人陸游

仕途受挫

南宋著名的愛國詩人陸游（陸放翁）婚姻裡的一段傷心故事：陸游二十歲時，和從小一起長大、青梅竹馬的表妹唐婉結婚，陸游才華卓絕，唐婉聰敏靈秀，擅長詩詞。但是在婚後，陸游的母親、也是唐婉的姑姑，不喜歡唐婉，也許因為他們一對璧人，恩愛親密，別人看了反而有嫉妒的心態；也許因為唐婉的才華，與當時社會「女子無才便是德」的想法格格不入；也許因為陸游的母親盼望兒子心無旁騖地攻讀詩書，早日金榜題名，光耀門楣，最終陸游的母親強迫他和唐婉離婚。陸游迫於母命忍痛和唐婉仳離，後來，他依照母親的意思另娶一位王氏女子，唐婉也依從父命嫁給同郡、也算門庭顯赫的讀書人趙士程。

陸游二十九歲時參加省試，名列第一名，當朝宰相秦檜的孫子恰巧考第二名。第二年，陸游參加禮部考試，秦檜也許因為孫子輸給陸游，心裡不爽，也許因為他極力主張與擄走宋徽宗、宋欽宗的金國議和，而陸游卻是一位不忘國恥、尊君愛國的志士，於是藉故將陸游的試卷剔除，這是陸游在仕途上的一大挫折。

陸游晚年時，寫了一首給他的兒子的詩，其中最有名的兩句就是「王師北定中原日，家祭毋忘告乃翁」，意思是等到宋朝軍隊收復中原，在家裡祭祀祖先時，不要忘了告訴老爸，愛國之情溢於言表。

釵頭鳳

回到陸游的愛情故事。陸游在仕途受到挫折，回到家鄉山陰，也就是現在的紹興，那時他已經三十幾歲。有天他在城裡的一座花園——沈園，意外地遇到唐婉和她的先生趙士程，陸游追憶往事，在沈園的牆上題了一首詞〈釵頭鳳〉，表達他悲痛念舊的心情：

> 紅酥手，黃縢酒。滿城春色宮牆柳。
> 東風惡，歡情薄。一懷愁緒，幾年離索。錯！錯！錯！

酥是柔嫩光滑的意思，紅酥手就是紅潤柔嫩的手；黃縢酒是一種官釀酒；這幾句描寫一個歡欣愉悅的景致。但是，話鋒一轉，東風惡，東風吹來令人難過；歡情薄，過去歡欣快樂是短暫的；一懷愁緒，滿心悲愁的情緒；幾年離索，幾年來別離孤獨的生活；錯！錯！錯！回顧過去，錯了！錯了！錯了！

> 春如舊，人空瘦。淚痕紅浥鮫綃透。
> 桃花落，閒池閣。山盟雖在，錦書難托。莫！莫！莫！

春如舊，春天還和過去一樣；人空瘦，人卻一直消瘦；淚痕紅浥鮫綃透，浥是沾溼的意思，鮫綃是絲製的手帕，淚水洗掉臉上紅色的胭脂，溼透了絲的手帕。桃花落，桃花已經掉落；閒池閣，池塘樓閣空空無人；山盟雖在，山盟海誓指盟誓像山和海一樣堅定不移，永久相愛的誓言雖然仍在；錦書難托，連委託別人送一封信給你也不容易；莫！莫！莫！細想之下，不必了！不必了！不必了！

後來，唐婉看到陸游的詞，也寫了一首〈釵頭鳳〉：

世情惡，人情薄。雨送黃昏花易落。
曉風乾，淚痕殘。欲箋心事，獨語斜欄。難！難！難！

世情是險惡的，人情是單薄的，雨把黃昏送來，花也容易殘落。清晨的風吹乾了我的淚水，但是臉上仍殘留淚痕，想把心事寫在信裡寄給你，一個人獨自斜靠著欄杆，難啊！難啊！難啊！

人成各，今非昨。病魂曾似秋千索。
角聲寒，夜闌珊。怕人尋問，咽淚妝歡。瞞！瞞！瞞！

人已各自一方，今天和昨日已經不同，帶病的心情，好像秋千的繩索一樣前後擺盪。角就是號角，聲音充滿寒意；闌珊是衰落結束的意思，夜晚就要過去了：擔心別人向我問起，把淚水嚥下，裝出歡樂的樣子，隱瞞著！隱瞞著！隱瞞著！

唐婉寫了這首詞之後，不久就去世了。

沈園懷舊

秦檜病死後，陸游被召回朝中，往後仕途順暢，寫了大量反映愛國愛民心懷的詩詞。七十五歲時，他上書告老還鄉，回到家鄉後，唐婉早已去世，他已是垂暮之年，還常常在沈園踽踽獨行，他的詩集裡，有七十五歲時寫的兩首〈沈園懷舊〉，有八十一歲時寫兩首〈夢遊沈園〉，其中一首是：

城上斜陽畫角哀，沈園非復舊池臺。
傷心橋下春波綠，曾是驚鴻照影來。

斜陽照在城牆上，號角聲哀，沈園已經不再是當年熟悉的亭臺。令人傷心的橋下，春水依然碧綠，匆匆一瞥，妳曾經為我而來？

還有他最後一首〈春遊〉：

沈家園裡花如錦，半是當年識放翁；

也信美人終作土，不堪幽夢太匆匆。

清初詞人納蘭性德

納蘭性德字容若，出身滿州正黃旗人，有「清初第一詞人」之稱，他的父親納蘭明珠是康熙的重要大臣。納蘭性德二十二歲中進士，文思敏捷，書法娟秀，又明音律，精於騎射，是一位真才子，康熙特別重用他，可惜三十一歲時因病逝世。

好友顧貞觀

納蘭性德有一位好友顧貞觀，號梁汾。顧梁汾是明末清初非常有才華的詞人，和納蘭性德時常一起相唱和。顧梁汾有一首詠梅的詞〈浣溪沙．梅〉：

物外幽情世外姿，凍雲深護最高枝。小樓風月獨醒時。
一片冷香惟有夢，十分清瘦更無詩。待他移影說相思。

梅花優雅的情調和姿態是無可比擬的，凍雲襯托出梅花高高的枝椏（凍雲的凍把冬天的季節帶出來了，還加上一分烏黑沉重的感覺）。我獨自在小樓上享受這氣氛和這環境（這句話講自己的心情）。

下面兩句又回到描寫梅花。梅花的一片冷香就像在夢境一樣，不能用詩來描寫（用冷香來形容梅花的香，用清瘦來描寫梅花姿態）。夜色漸深，梅花的影子在移動，讓我向他訴說相思之情（這個「他」又是誰呢）。

納蘭性德回了一首〈夢江南〉唱和：

新來好，唱得虎頭詞。一片冷香惟有夢，十分清瘦更無詩。標格早梅知。

近來很好，讀到您寫的詞，其中兩句很精采：一片冷香惟有夢，十分清瘦更無詩。您清高的品格，就像梅花一樣。虎頭是什麼意思呢？晉代書法家顧愷之小字虎頭，他和顧貞觀同姓且同鄉，所以用虎頭代替顧貞觀。

雖然，詩詞唱和多半是用同樣的韻，但是，用同樣的句子，也是唱和的一種形式。

抒發友情

納蘭性德寫給顧梁汾一首抒發友情的詞〈金縷曲．贈梁汾〉：

德也狂生也。偶然間、緇塵京國，烏衣門第。有酒惟澆趙州土，誰會成生此意。不信道、竟逢知己。青眼高歌俱未老，向尊前、拭盡英雄淚。君不見，月如水。

共君此夜須沉醉。且由他、蛾眉謠諑，古今同忌。身世悠悠何足問，冷笑置之而已。尋思起、從頭翻悔。一日心期千劫在，後身緣恐結他生裡。然諾重，君須記。

這闋詞是納蘭性德初識顧梁汾時寫給他的。納蘭性德是富貴門第的公子哥兒，而顧梁汾只是一個剛剛辭官、不得志的書生。

這首詞上半闋大意是：我本來是一個狂放不羈的人，偶然地在京城混跡於官場，又生長在富貴門第。我想仿效戰國時代趙國平原君一樣招賢納士，可是誰會理解我的心意呢？完全沒有想到，遇到你這位知己。我們相知相敬，而且還年輕未老，讓我們縱酒高歌，擦乾英雄不得志感傷的淚，月明如水。

下半闋的大意是：今天晚上讓我和你共醉。才華出眾、品行端正的人，容易受到謠言中傷，這是古今常有的事。前途遙遠迷茫，冷笑置之就好了。雖然回想起，難免有幾分後悔。我們今天以心相許的友情，即使經過無數災難[2]，依然存在，後半生的緣分，恐怕要等到來生再補足了。我們珍重諾言，請你在心頭牢記。

吳兆騫之「丁酉科場案」

顧梁汾有一好友叫吳兆騫。吳兆騫字漢槎，常被稱為吳季子，一個說法是當時的文人喜歡用古人名字做為代號，吳季子是戰國時代「墓前掛劍」故事中的人物。吳兆騫生於崇禎四年，小時就有才名，但生性狂放，據說在書塾讀書時，把同學的帽子拿來小便，老師責怪他，他說與其把帽子放在俗人頭上，不如拿來盛小便。

清順治十四年（一六五七年，歲次丁酉），吳兆騫考中舉人，以為是仕途開始，卻發生一場意想不到的災難。當時主考官被揭發偏袒作弊，吳兆騫遭仇人誣陷而捲入其中。被召到京城複試時，他交了白卷。為什麼交白卷呢？一個說法是殿試時太緊張了，另一個說法是他因憤怒而抗議。順治皇帝親自定案，吳兆騫被革除舉人身分，受四十大板刑罰，沒收家產，父母、兄弟、妻子一起被流放到黑龍江的寧古塔。

顧梁汾為吳兆騫送行時，許下諾言，要全力營救他。顧梁汾認識納蘭性德，請求他幫忙。納蘭性德當時沒有答應，因為這是順治皇帝定的案，不容易轉圜。離別之後，顧梁汾用〈金縷曲〉為詞牌，寫了兩首詞做為給吳兆騫的信，的確是催人淚下的千古絕唱。

納蘭性德看到之後為之動容，他對顧梁汾說：「我在十年之內，一定要替你處理好這件事情。」顧梁汾說：「人的壽命沒多長，請您以五年時間為期。」

納蘭性德感動了，這段期間納蘭性德也寫了一首〈金縷曲〉給顧梁汾，題目是〈簡梁汾〉，表明對營救吳兆騫的事，義不容辭，其中幾句：

> 絕塞生還吳季子，算眼前，此外皆閒事。知我者，梁汾耳。

眼前除了把吳兆騫從遠方救回來，其他的事都不重要，了解我的只有你顧梁汾了。

經過納蘭性德、顧梁汾和其他友人的努力，而且籌到一筆二千兩的贖金，五年後，吳兆騫終於回來了。後來偶然的機會，他到納蘭性德家，看到納蘭性德父親的書房裡，牆上掛著一個條子寫著：

「顧梁汾為吳漢槎屈膝處」，他淚如雨下。

〈金縷曲〉

顧梁汾寫給吳兆騫兩首〈金縷曲〉，第一首是：

季子平安否？便歸來，平生萬事，那堪回首。行路悠悠誰慰藉？母老家貧子幼。記不起，從前杯酒。魑魅搏人應見慣，總輸他，覆雨翻雲手。冰與雪，周旋久。

淚痕莫滴牛衣透，數天涯，團圓骨肉，幾家能夠？比似紅顏多命薄，更不如今還有。只絕塞，苦寒難受。廿載包胥承一諾[3]，盼烏頭馬角終相救[4]。置此札，君懷袖。

依照原詞的韻腳，用白話寫出來：

掛念著，你可平安否？即使你歷劫歸來，這輩子千千萬萬的傷心事，哪堪回首？孤單的長路上，有誰來慰藉？母親年老，家庭貧困，稚子年幼。已經記不得從前一起言歡把酒。牛鬼蛇神，欺凌善良的作為已是司空見慣，更哪能應付那些卑鄙骯髒的黑手。冰和雪，折磨你很久。

即使悲傷流淚，也不要把襤褸的破衣溼透。而且海角天涯，骨肉依然同在的，又有幾家能夠。古來紅顏多薄命，想不到這種心酸的遭遇，今天依然有。你在絕境遠處，苦寒難受。我會牢記古人的榜樣，絕不忘記二十年前的承諾。更盼望奇蹟出現，終能把你拯救。期盼這封信帶著我的心願，長懷在你的衣袖。

第二首是：

我亦飄零久！十年來，深恩負盡，死生師友。宿昔齊名非忝竊，只看杜陵窮瘦[5]，曾不減，夜郎僝僽[6]，薄命長辭知己別，問人生，到此淒涼否？千萬恨，為兄剖。

兄生辛未吾丁丑，共些時，冰霜摧折，早衰蒲柳。詞賦從今須少作，留取心魂相守。但願得，河清人壽！歸日急翻行戍稿，把空名，料理傳身後。言不盡，觀頓首。

用白話寫出來：

我也已飄零許久，十年來，辜負你的深恩。和你生死與共，亦師亦友。我倆在文壇上並列，絕不是盜竊得來的虛名，可是，今天剩下的，只是和杜甫一般，窮困肌瘦，和李白一般流離遠處，潦倒困愁。我的妻子已經過世，知己如你，又遠遠別離。不禁要問：人生到此淒涼否？千般怨，萬重恨，讓我向你傾剖。

我小你六歲，你生在辛未，我生在丁丑。這段時間以來，我們就像受盡冰霜摧折，早已衰弱的楊柳。以後應該少寫一點詩詞歌賦，把時間留下來，讓心靈交流。祈願黃河澄清，人能長壽，歸來之後，趕快把這段經歷記載下來，把事情處理好，流傳身後。思念之情，言語無法道盡，貞觀頓首。

顧維鈞大使

美國哥倫比亞大學（Columbia University）有一個傑出校友排行榜，其中三位是中國人，分別是：顧維鈞、胡適和吳健雄。顧維鈞十七歲到美國留學，二十五歲在哥倫比亞大學獲得國際法博士學位，回到中國馬上嶄露頭角，在袁世凱的總統府裡擔任英文祕書和翻譯，三年後被派到美國擔任中國駐美公使，是當時在華盛頓外交圈中最年輕的一位大使。

顧維鈞年少英俊，當時和梅蘭芳、汪精衛並稱為中國三大美男子，說得一口漂亮流利的英文。顧維鈞一生中最成功的一幕，就是在一九一九年巴黎和會上展露才華，當時重要的議題之一是中國想收回日本根據袁世凱簽訂的條款——在山東得到的特權。顧維鈞在演說裡提到：「中國人不能放棄山東，正如基督教信徒不能放棄耶路撒冷一樣。」這句話打動了各國代表的心，可惜，列強為了各自利益，最後在會議上，山東問題仍然不能公平解決。中國代表只能拒絕在《凡爾賽和約》（*Treaty of Versailles*）上簽字，也拒絕出席巴黎和會的閉幕典禮。

顧維鈞在會議總結講了一個寓言：狼和羊都在河邊喝水，狼責備羊把牠要喝的河水攪渾了。羊說：「你在上游喝水，我在下游喝水，我不可能把你喝的水攪渾。」狼改口說：「你去年仿冒了我的簽名。」羊說：「那個時候我還沒有出生。」狼對羊說：「不論你多會狡辯，我還是要吃了你。」這個寓言說明弱國無外交，國家的實力是外交工作必要的後盾，這句話真是語重心長。

顧維鈞後來歷任外交部長，駐法、駐英大使，以及在海牙的國際法庭法官，可說是中國歷史上最有經驗、也最受尊敬的職業外交官。

再說一個故事，有名的法學家和外交家王寵惠在倫敦的宴會上，一位英國貴婦問他：「聽說貴國男女都是憑媒妁之言，雙方沒有經過戀愛，甚至沒見過面就結婚了。我們這裡男女雙方必須經過長期戀愛，有了深刻的了解才結婚，這樣才會有美滿的婚姻。」王寵惠笑著說：「你們是先戀愛後結婚，我們是先結婚後戀愛。好比有兩壺水，你們是先把水燒開了再結婚，結婚之後，水就冷下來了；我們是先結婚再把水燒開，所以夫妻感情在婚後會不斷增進。」

注釋

1. 讓我們想起毛澤東〈沁園春〉中「數風流人物，還看今朝」之句。
2. 千劫，佛教語，劫是梵語 kalpa 的音譯，指無數的生滅成壞，現多指無數災難。印度教和佛教中的劫都是很長時間的單位。
3. 春秋時，吳兵破楚，楚國大夫申包胥趕赴秦國求救，跪於秦朝宮廷哭了七天，終於感動秦王發兵救楚，完成他復興楚國的承諾，在這裡表明自己營救老友的承諾一定會實現。
4. 戰國時，燕太子丹在秦國當人質，秦王不准他返國，曾說除非烏鴉白頭，馬兒長角，才允許太子丹返國。用這個典故，表明無論如何困難，也不會放棄營救老友。
5. 杜甫自稱杜陵布衣，因安史之亂流落西南，生活窮困。
6. 李白因永王李璘謀逆案牽連，被流放至夜郎，也就是現今貴州關嶺縣一帶。

第三章

林肯總統和中輟生的動人演說

林肯（Abraham Lincoln）是美國第十六任總統，一八六一年三月四日上任，四年任滿後又當選連任，一八六五年三月四日開始第二任。不幸在第二任就職之後六個禮拜，遇刺身亡。他被認為是美國歷史上最偉大的總統之一，也是最傑出的演說家。

林肯第一任總統就職演說

南北戰爭的時空背景

我們先從林肯就職第一任總統的時空背景談起。林肯第一任總統任期開始，正是美國南北戰爭一觸即發、戰雲密布的前夕，美國自一七七六年立國以來，南北的對立和衝突可說是冰凍三尺非一日之寒。

從憲法制定的觀點來看，北方傾向大政府觀念，認為聯邦政府必須有足夠程度的中央集權，以維持聯邦的存在與功能；南方則傾向小政府觀念，認為每一州應該擁有充分的自主權，制定自己的法令，除非必要，聯邦政府不應該干預。

從經濟模式的觀點來說，北方朝著工業製造的方向發展，南方還是以農業為主，有許多大大小小農莊，形成不同的社會階級制度。北方階級的分界逐漸模糊、消失，而南方階級的分界仍然非常明顯；後來更引發壁壘分明的奴隸制度存廢問題，北方各州逐漸廢除奴隸制度，但南方因為農業勞力需求，主張延續制度，引起兩方陣營在聯邦政府裡一波波的政治角力。為了消弭不同陣營因奴隸制度而對立的敵意，聯邦政府通過五項在歷史上被稱為《一八五〇年妥協案》（*Compromise of 1850*），目的就是避免分裂和內戰的發生，但這樣不穩定的狀態持續拖了十年。

一八六〇年十一月六日，共和黨候選人林肯以低於四〇％的總票數當選總統，他的重要競選政綱，就是反對奴隸制度的擴張，因此，他的當選成為美國南北戰爭直接的導火線。

林肯當選後一個多月，十二月二十日南卡羅萊納州（South Carolina）宣布脫離聯邦政府；一八六一年三月四日，總統就職前，共有七個州脫離聯邦政府，成立「美利堅邦聯」（Confederate States of America）。在這種政治氛圍下，林肯就職演說的最重要目的，就是說明他對奴隸問題的立場，安撫各州，避免更多州脫離聯邦政府，避免內戰爆發。可是，上任後一個月內，又有四個州脫離聯邦政府，三個月之後，南北戰爭終於爆發。

聯邦精神

第一任總統就職演說中，林肯一開始就開宗明義安撫南方各州，且明確說出他對奴隸制度的立場：

南方各州的人民似乎存著一份憂慮，擔心共和黨執政後，他們的財產、平靜的生活和個人的安全，將會遭到干擾和威脅，但這份憂慮從來沒有存在的理由。我在此重申，我無意直接或間接干預任何一州現存的奴隸制度，我既沒有法律上的權力，更沒有這樣的意圖。

提名我做為總統候選人的人，以及接受提名的我，都有清楚而強烈的共同決心：維護和不侵犯每個州的權力，特別是按照自己的獨立判斷，訂定法令來管理自己州的制度的權力，這是保持聯邦和州之間權力平衡的主要因素，這種平衡正是我們完美與歷久不衰的政治結構所憑藉的。

讓我再一次陳述這個決心：新上任的政府絕對不會採取任何行動，去危害任何地區的財產、和平與安全，政府也會按照憲法和法律的規定，樂意地提供任何地區依法律提出請求的保護。

接下來，林肯談到敏感、有爭議性的《逃奴追緝法案》（*Fugitive Slave Act of 1850*），這是一八五〇年通過的五個折衷法案之一，規定逃跑的奴隸從有奴隸制度的州逃亡到沒有奴隸制度的州，仍然要依法通緝、追捕和遣返到原來主人的地方。

林肯表明自己會支持這個法案，縱使這個法案有相當多爭議，但它是憲法的一部分，而憲法是經由全體國會議員通過支持的，因此必須整體地、全面地被接受和遵行，不能選擇性地執行，也不能被過分嚴峻地、挑剔地詮釋。林肯這樣說固然是為了安撫南方各州，但同時揮起憲法的大纛，做為往下演說論述的依據。

分裂危機

接下去，談到國家分裂的危機，他說：

自從第一位總統依照國家憲法就職上任，已經七十二年了，這段期間，十五位出類拔萃的公民擔起管理政府部門的責任，他們帶領政府度過許多困難和危機，也獲得極大的成功。今天，在這些先賢的光芒下，我在巨大而特殊的困難之中，擔起相同的任務，履行短暫的四年任期。分裂聯邦，過去只是一種威脅，現在已經變成一個令人震駭的意圖。

林肯以法理為基礎，明白指出分裂聯邦是違法的。他說：

按照一般法律和我們的憲法，州的聯合是永久性的，在所有國家政府的基本法中，即使沒有明文規定，其永久性也是不言而喻的。我們可以斷言，沒有一個政府會在自己的組織法中訂定落日條款，只要我們繼續負起憲法明文賦予的責任，這個聯邦將會永久存在。退一步來說，即使聯邦政府不是一個正式的政府，而是各州之間一個契約性的組織，那麼，既然是一份合約，怎能任由部分成員單方面取消呢？一個成員要違反合約規定，難道不需要全體成員同意就能合法廢止嗎？

總統職權

接著林肯指出他應負的責任和具體的行動，他說：

我認為按照憲法和法律，聯邦是不可分裂的，我會遵照憲法交付給我的責任，竭盡全力，確保聯邦的法律在各州貫徹執行。對我來說，這是簡單明瞭的責任。

我將在可能範圍內盡力而為。除非我的合法主人，也就是全體美國人民，制止我使用某些必要的手段，或經由法定程序做出相反的指示。我相信這個說法不會被解讀為一種威脅，相反地，只會被視為聯邦明確地宣示，那就是依循憲法保護和維繫自身的理念而已。

我們的所作所為必須避免流血和暴力，即使為了國家公權力而必須做的因應，也不應該有任何流血和暴力。我會用國家賦予我的權力來保護和接管屬於國家的土地和財產，徵集稅收和關稅。除了達成這些任務的必要手段之外，我們不會侵犯，更不會使用武力對待任何地方的人民。

他具體指出郵政制度會在全國繼續運作，不會硬把聯邦政府的公務人員(例如郵局局長)派到不歡迎他的地區，重點是讓每個地方的人民都有高度的安全感，才能冷靜地思考和反省。

不可分裂

林肯接著表示，雖然大家意見不同，但不要走上分裂這條路：

憲法上的爭議可以分成少數派和多數派，如果少數派不讓步，多數派就非讓步不可，否則，政府的運作將會停止。假如少數派選擇分裂脫離而不願意讓步，就開了一個先例，必然導致他們內部的少數派有一天也會選擇分裂脫離。

國家分裂將帶來無政府狀態，而受憲法約束，隨著民意做出相對應改變的多數派政府，才是真正自由人民的政府。我們知道，全體人民的意見不可能完全一致，若由少數派掌權執政做為永久性措施，是不能被接受的。因為，摒棄了多數原則，剩下來的僅是無政府狀態，或是獨裁政府了。

憲法基礎

接下來，林肯要大家放心，憲法是可以依法修正的，而且他只當四年總統而已。

這個國家和其組織架構是屬於生活在這塊土地上的全體人民，當他們對目前的政府感到不滿，可以用憲法賦予的權利去改正，或者以革命的力量去推翻。我知道許多傑出的愛國人士對憲法抱持若干修正的意見，雖然我個人沒有提出任何關於修憲的具體建議，但是，在法律上，我會尊重人民按照憲法規定的方式來行使這個權利。

我尤其希望這些修正建議來自廣大的人民，而不只是選擇接受或反對他人提出的建議，因為提案人不見得是最恰當的，而且提案也不應該只限於接受和反對的選擇。

我們的先賢在規劃政府架構時，非常聰明地，授予政府公僕們胡作非為的權力幾乎微乎其微，而且同樣聰明地，會在短短時間內，收回這份權力。當人民保持高度的警覺和道德標準審視，即使是極端邪惡或愚蠢的行政當局，也無法在短短四年嚴重地傷害國家。

我們不是敵人

最後，林肯呼籲大家不要急躁猛進。他說：

同胞們，讓我們平心靜氣好好思考整個問題，欲速不達，事緩則圓，真正有價值的事不會因為審慎處理而減損或消失。即使有些同胞目前非常不滿，但請記住，我們的憲法和這個憲法底下訂定的法律依然存在，新政府也沒有權力在目前做任何變更。

即使你們自認為在爭執中是站在正確的那一邊，也沒理由採取草率行動。因為智慧、愛國情操、基督的教義，以及對厚愛這一片土地的上帝的堅定信賴，將讓我們有能力在目前的困境之中，做出最好的調整和安排。

對現狀不滿的同胞們，「內戰」這個重大議題，掌握在你們手上，而不在我的手上。聯邦政府不會發動攻擊，只要你們不主動出手，我們就不會戰爭，即使你們沒有發誓要毀滅政府，但我必須莊嚴地宣示，我一定要保存、保護和保衛我們的國家和政府。

我真想繼續講下去，我們不是敵人，而是朋友，我們不能成為敵人，情緒上的衝擊在所難免，但彼此之間相連的愛不能被破壞與中斷。在這片偉大的土地上，從每一個戰場和烈士公墓，到每一個跳躍的心和溫暖的家庭，神妙的記憶之弦將被我們心中良善的天使所撥動，將再次合奏出國家的歡樂之歌。

最後的結語非常動人：「我們不是敵人，而是朋友，情緒上的衝擊在所難免，但彼此之間相連的愛不能被破壞與中斷。」二〇〇八年十一月四日，歐巴馬當選美國總統的勝利演說上，就引用了這段話做為結語。

林肯第二任總統就職演說

時空背景

林肯第一任總統上任一個月後，四月十二日美利堅邦聯政府的軍隊攻占聯邦政府在南卡羅萊納州的軍事堡壘「桑特堡」（Fort Sumter），這是南北戰爭的開始。毫無疑問地，第一任四年任期內，南北戰爭是首要也是唯一的任務，這場戰爭拖了整整四年。戰爭開打經過兩年左右，北方的軍事優勢逐漸顯現，甚至有歷史學家認為，一八六三年七月三、四日兩天，北軍在賓夕法尼亞州蓋茲堡和密西西比州維克斯堡的兩場勝仗，是整場南北戰爭的轉捩點。不過，這兩場勝仗之後，戰爭又拖了兩年。

一八六四年十一月八日，林肯在戰爭尾聲中當選連任，一八六五年三月四日就職第二任總統。四月九日在維吉尼亞州的戰役中，南方的李將軍（Robert Edward Lee）向北方的格蘭特將軍（Ulysses S. Grant）投降，南北戰爭宣告結束。非常不幸地，林肯總統在幾天之後的四月十四日遇刺身亡。

林肯在時空環境大不相同之下，發表第二任就職演說。當時，戰爭的勝利指日可待，奴隸政策即將結束，但是，林肯不但沒有趾高氣揚的語調，也沒有顯露出歡欣愉悅的心情，他只說軍事上的進展是令人滿意和鼓舞的；對未來的政策更是隻字未提。一八六三年到一八七七年這段時期，在美國歷史上被稱為「國家重建期」，國家的重建包括處理軍隊、奴隸、經濟等問題，某些課題在南北戰爭中已逐步進行，直到戰爭結束時自然更加如火如荼展開。但林肯就職演說卻完全沒有提到這個議題，我們沒辦法揣測他的選擇，不過，政策宣示或者流於空洞，或者引起爭議，並不是林肯想在演說中營造的氣氛。

最重要的，林肯的演說沒有把奴隸問題都推給南方，他不單獨責備南方，反覆地說這場戰爭雙方都有責任。在勝利即將來臨之前，他更要刻意安撫南方。

第一任就職演說，林肯以憲法和法律為基礎，宣示脫離聯邦政府、分裂國家是違法的舉措；第二任就職演說，林肯以上帝旨意為主，指出奴隸制度是不公不義的。

林肯的第二次總統就職演說簡短而鏗鏘有力，全部只有七百零三個英文字，而且五百零五個字是單音節字，一共二十五個句子。在他著名的演說中，第二任總統就職演說被公認是最精采的一篇。

爭端與立場

同胞們，第二次就職典禮，沒有必要像第一次那樣長篇大論地演說。上一次，我為大家詳細描述聯邦政府的努力方向是正確，甚至是必要的。今天，舉國上下依然非常關注戰爭的每個階段和層面，在過去四年我已經一再公開說明，因此，的確沒什麼新的訊息要向大家報告。我們軍事上的進展是其他一切的關鍵，是大家和我都熟悉的情況，並且感到滿意和鼓舞。我們對未來充滿希望，因此，我不在這裡多所預言。

對指日可待的勝利，林肯輕描淡寫，不再多著墨。他說：

四年前的今天，大家對即將爆發的內戰充滿焦慮害怕，也想避免戰爭發生。在當時的就職演說中，我全力投注在如何避免用戰爭手段來確保聯邦的存在。而同時，叛亂分子卻圖謀以非戰爭的方式來毀滅聯邦的存在，他們想用談判的手段來分裂、瓦解聯邦政府。雙方都反對戰爭，但一方寧可發動戰爭也不在乎國家的存續，另一方則寧可接受戰爭也不願看到國家滅亡。因此，戰爭來臨。

奴隸制度的評析

林肯指出為了國家存活，是不得已而戰。他接著說：

我們全國人口的八分之一是黑人奴隸，他們不是平均分散各地，而是多數集中在南方。這些奴隸形成一種特殊且重大的利益，大家都知道這種利益就是此次戰爭的原因。為了加強、保持和擴張這種利益，叛亂分子不惜以戰爭來分裂聯邦政府，而聯邦政府只不過要限制這種利益被擴張到更廣大的地區而已。當初沒有一方料到這場戰爭發展到目前的規模和持續的時間，更沒有料到導致衝突的原因會在衝突結束時中止，甚至在衝突結束前消失。雙方都只想獲得一場輕鬆的勝利，而不期盼有什麼根本性的驚人結果。

雙方都讀同一本《聖經》，都向同一位上帝禱告，而且兩方都要求上帝幫助自己對抗另一方。甚至竟然請求公平正義的上帝，幫助他們從別人臉上的汗水擠出自己要吃的麵包[1]，那是何等不可思議。

林肯批評奴隸制度的支持者是靠別人勞力來供養自己，接看又不偏不頗地引用了《聖經・馬太福音》第七章第一節的話，他說：

我們不要論斷別人，免得我們也被論斷。雙方的祈求都不會如願，而且到目前為止，沒有一方的祈求得到滿足，上帝自有祂的旨意。

林肯接著引用耶穌在〈馬太福音〉第十八章第七節講的話：「世上的苦難來自罪惡的行為，世上的罪惡行為無法避免，但是，犯罪作惡的人必將承受苦難。」

林肯接著說：

假如我們認為目前美國的奴隸制度是罪惡的行為之一，而且按照上帝的旨意，惡行是無法避免的，那麼，經歷了上帝所指定的這段時間後，現在，上帝要來清除這個罪惡行為了。這場可怕的戰爭，正是上帝要南北雙方承受的苦難，因為這個罪惡行為來自南北雙方。對每一個深信上帝的人，難道看不出來這正是上帝神聖的指引嗎？我們深情地希望、熱切地祈求，這場戰爭的大災難將迅速消逝。

接下去，林肯從另一個角度來看戰爭的結束，他說：

即使上帝要讓戰爭繼續下去，直到二百五十年來，奴隸們無償地辛勞為我們累積財富，被消耗殆盡，正如《聖經》在三千年前說的，直到每一滴鞭笞出的血，被每一滴刀劍刺出的血償還為止。今天我們還要再說一次，上帝的裁判就是真理和公義[2]。

堅持正義、繼續努力

演說最後，是一段感人的結語：

我們對任何人不存惡念，我們對每一個人心懷慈悲。上帝讓我們看到正義，因此，讓我們堅持正義，繼續努力，完成我們目前的工作，療癒國家的創傷，照料那些被戰爭烙上痛苦印記的戰士，以及他們的孤兒和遺孀。我們要竭盡全力，在我們之間，以及我們和其他國家之間，建立並珍惜永久的公正與和平。

蓋茲堡演說

一八六三年七月一日至三日的賓夕法尼亞州蓋茲堡戰役，是南北戰爭的一場關鍵戰，陣亡將士後來葬在蓋茲堡國家公墓。林肯在一八六三年十一月十九日國家公墓落成典禮上，發表了膾炙人口的《蓋茲堡演說》。這篇演說僅二百七十二字，十個句子，全長只講了兩分鐘。

由歐巴馬朗讀的《蓋茲堡演說》

全文

八十七年前，我們的祖先在這片土地上建立一個嶄新的國家，這個國家孕育於自由之中，奉行人人生而平等的信念。我們正處於一場浩大的內戰中，這場戰爭正考驗著我們的國家，也考驗著任何一個以自由平等為普遍價值的國家，是否能夠歷久不衰。

今天，我們聚集在這場戰役中一個偉大的戰場裡，我們要把這個戰場一部分的土地，奉獻給為捍衛國家生存而獻出生命的烈士，做為他們最後安息的地方，我們這樣做，是理所當然的。

但是，從更高的層次來說，我們如何能奉獻這塊土地，如何能神聖化這塊土地呢？那些曾在這裡奮戰的勇士們，活著的和死去的，已經神聖化了這塊土地，遠遠超過我們微薄力量所能增減的。整個世界不會注意、更不會記得我們在這裡說過的話，卻永遠不會忘記他們在這裡的英勇行為。

我們這些存活的人，在這裡，我們把自己奉獻給在這戰場上的勇士們奮力推進而尚未完成的任務，把自己奉獻給依然還在前方的偉大任務。從最值得崇敬的先烈身上，我們知道要加倍努力，去達成他們付出最後的、全部的努力想要達成的目標，我們下了最大決心，決不讓死者白白犧牲。

我們深信，我們的國家在上帝的庇佑之下，將會見到自由的重生。一個民有、民治、民享的國家，將會在地球上生生不息，永存不朽。

佳話

按照當時的傳統，這場典禮上有一位主講者，主講者會發表一篇相當長的演講，當天林肯只不過負責做簡單的結語而已。那天的主講者愛德華・埃弗里特（Edward Everett）是一位著名的演說家，他一口氣講了兩小時。演講後第二天，他給林肯寫了一封信：

對於您昨日在落成典禮上扼要得體的演說所傳達的理念，請容許我表達我的讚美。我會感到非常高興，假如我敢對自己說，我在兩小時演講中的鋪陳，和您在短短兩分鐘裡講得一樣切合題旨。

林肯回信說：

以我們昨天分別擔任的角色來說，沒有人會原諒我們，假如您講得太短，或者我講得太長。

這就是風度和修養！

競選演說：一棟分裂的房子站不穩

林肯還有一篇著名的演說，發表於一八五八年六月十六日，當時林肯被共和黨提名為參議員候選人，他的對手是民主黨的道格拉斯（Stephen Douglas）。這篇演說是競選活動的出發點，他在演說中清楚地指出他和道格拉斯對奴隸制度存廢的不同看法，他主張全面廢除奴隸制度，道格拉斯則主張每一州可自主決定奴隸制度的存廢。演說中的一段是這樣的：

一棟分裂的房子是站不穩的，我認為政府不能永遠維持一半是奴隸制度、一半是自由狀態。我不相信聯邦政府會解體，我不相信這棟房子會倒塌，我期待它停止分裂，要嘛全部變成一個狀態，要嘛全部變成另一個狀態。也許反對奴隸制度的人會制止這個制度進一步擴大，而且讓大眾相信奴隸制度終會完全消滅，不管是在舊的還是新的州，在南方還是在北方的州，全都變成合法。

這篇演說中的警句：「一棟分裂的房子是站不穩的」，來自《新約聖經．馬可福音》第三章第二十五節。林肯指出奴隸制度存廢的爭議會使國家分裂。在任何一個國家，尤其是民主國家，一定會存在不同的意見，更必須讓不同意見存在。但是，不同的意見不能分裂國家，因為「一棟分裂的房子是站不穩的」。

中輟生畢業典禮演講

消弭不平等是人類最崇高的成就——比爾‧蓋茲

蓋茲（Bill Gates）常被稱為有史以來最著名的中輟生，輟學三十二年後，二〇〇七年回到哈佛大學接受名譽博士學位，並在畢業典禮上向畢業生致詞：

回首過去，我最大的遺憾是離開哈佛時，我對世界上極端的不平等並沒有真實體會。我沒有體會到在健康、財富和機會上那些令人震驚的差異，數以百萬人被壓迫在悲慘生活中。我在哈佛學到很多政治、經濟的新觀念，以及科學新知，但是人類最大的進步不在於發明了什麼，而是如何把這些發明應用在消弭不平等，不論經由民主制度、義務教育、健康照護和廣泛的經濟機會，消弭不平等絕對是人類最崇高的成就。

我和妻子梅琳達（Melinda Ann French）曾經讀過一篇文章，每年有數百萬貧窮兒童死於在美國已經絕跡的疾病，例如麻疹、瘧疾、肺炎、B型肝炎和黃熱病，這讓我們大為震驚！假如數百萬垂死的兒童都可以獲救的話，那麼，全世界應該把發現新藥物和運送藥物列為當務之急，但事實並非如此，那些價值不到一美元的救命藥，並沒能送到他們手中。

為什麼這樣？其實答案非常簡單而冷酷，因為拯救貧窮脆弱的兒童在市場上沒有利潤，政府不會提供金援，這些兒童之所以死亡，是因為他們父母沒有經濟能力，也沒有政治發聲的管道。

然而，我們兩者都有。我們要建立有創意的資本主義制度，讓更多人可以賺錢養家，我們要向全世界的政府施壓，要求他們把稅收花在更符合納稅人價值觀的地方。換句話說，我們要找到一個永久消弭不平等的方法，既可以幫助窮人，同時也為商人帶來利潤，更為政治家帶來選票。

要把關心轉化為行動，我們需要看清問題，找到解決方案，評估影響效應，這些都是複雜度非常高的事情。即使有網路和全天候新聞直播，要讓廣大群眾看清真正的問題，依然十分困難。舉例來說，媒體會不成比例地報導一件意外傷亡的人數，卻時常忽略數以幾百萬可以避免的死亡。

哈佛是一個大家庭，在場的你們是人類最具聰明才智的一群。我們能做些什麼？世上最優秀的人是否應該致力於解決人類最艱鉅的問題，世上最幸運的寵兒是否應該了解人類最不幸的遭遇。

在我結婚前幾天，我罹患癌症的媽媽寫了一封信給梅琳達，信末寫著：「被上天賦予愈多能力的人，也應該承受愈多期待。」希望三十年之後你們回到哈佛，檢視你們的才能和精力所完成的事業，希望你們不僅以事業上的成就來評價自己，也要以自己如何為弭平世界最深的不平等所付出的努力，以及你如何對待那些遠在天涯另一邊、卻和你同為人類的陌生人，來評價你自己。

熱情是推動畢生工作的火焰——戴爾

麥可・戴爾（Micheal Dell）是戴爾電腦公司的創辦人，一九八四年在德州大學奧斯汀分校（University of Texas at Austin）就讀一年級，他中途輟學以一千美元的資金創立了戴爾電腦公司。二〇〇三年，他受邀回母校在畢業典禮上演說，一開場帶來笑聲不斷：

我知道在座的畢業生和你們的雙親，等待今天的來臨已經好幾年了，我感到非常驕傲，我的雙親今天也在場，他們也等了好幾年。可是老爸和老媽，我要告訴你們一個壞消息，雖然我站在臺上，但還是沒辦法帶一個學位回家啊！[3]

戴爾接著說：

畢業是一個神奇美妙旅程的出發點，不過你們必須下決心踏出第一步。我的忠告是：第一，不要花太多時間去等待和選擇最完美的機會，那樣會錯失許多好機會。第二，在旅程上會遇到失敗和挫折，從自己和別人的失敗中可以學到很多；反之，成功的旅程通常可以學到的東西並不多。第三，必須對自己的能力和知識充滿信心，勇往直前，懊悔通常是來自沒有試著去走自己想走的路。第四，捨棄現成的地圖，自己規劃要走的路徑，不要盲從專家悲觀的判斷，好奇是成功的敲門磚，盡量去讀書、讀網頁、讀人。第五，成功之路是由人際關係鋪出來的，世上沒有單打獨鬥的成功，不要自以為是團隊中最聰明的人，假如真的如此，就再找一個更聰明的人加入團隊，或者離開這個團隊，在團隊裡需要彼此提攜，共同成長。第六，不要用別人的成功來衡量自己的成功，那樣太低估自己了。第七，熱情是推動畢生工作的火焰。

值得做的事通常是困難的——祖克柏

臉書創辦人馬克・祖克柏（Mark Zuckerberg）在一個中學八年級的畢業典禮上，給畢業學生的三個提示：

第一，值得做的事通常是困難的；第二，建立良好的人際關係；第三，做你喜歡做、想要做的事。他最後的結語是：努力讀書！

求知若渴，虛心若愚——賈伯斯

蘋果電腦公司的創辦人史蒂芬・賈伯斯（Steven Jobs）於一九五五年出生，一九七二年高中畢業後進入里德學院（Reed College），但是讀了一年就中輟退學了，原因之一是里德學院是昂貴的私立學校，賈伯斯的養父母經濟能力並不充裕，賈伯斯不願讓養父母把畢生積蓄花在他的教育上。賈伯斯輟學後還在里德學院待了一段時間，他去旁聽一門有關書法的課，他說這門課對後來蘋果電腦字型設計有許多影響。

一九七六年，賈伯斯和中學時期的朋友共同創立蘋果電腦公司，時至今日，蘋果公司員工近十三萬人，年收入超過二千五百億美元，市值高達一兆美元。

二〇〇五年，賈伯斯在史丹佛大學畢業典禮的演講中，他說起自己生命中的三個故事：

第一個故事從他出生被領養，講到進入里德學院讀了一學期就休學的事，他說人生裡有許多乍看之下互不相關的點，可是回過頭來看，這些點是可以相互連結起來的。

第二個故事是關於愛和失落，從他創立蘋果電腦公司，一直到被趕出去後又班師回朝重掌蘋果電腦，把蘋果電腦帶到最高峰的過程。他說假如當時沒有離開蘋果電腦，後面一連串的事情就不可能發生，那是一帖很苦的藥，但是良藥苦口，對病人是有益的。

第三個故事是關於死亡。他四十九歲那年發現胰臟有個腫瘤，醫生告訴他胰臟腫瘤很難治癒，可是切片檢查後，發現他的腫瘤是很罕見的一種，動過手術後已經完全治好。賈伯斯說這是生命中最接近死亡的經驗，這個經驗讓他了解沒有人願意接受死亡，但死亡是每個人必須接受的終點。

他給年輕學生的忠告是，不要浪費有限的時間去過別人希望你過的生活，不要讓別人意見的雜音淹沒自己內心的聲音。最重要的，必須擁有跟隨自己內心和直覺向前走的勇氣，因為憑著內心和直覺，才可以清楚知道自己要成為怎樣的一個人。

他的結語是：年輕的同學們，要「求知若渴，虛心若愚」（Stay hungry, Stay foolish）[4]。

相信內在感覺、失敗與改變、追求快樂——歐普拉

歐普拉（Oprah G. Winfrey）是美國電視、電影、出版界的天王巨星，她主持的「歐普拉脫口秀」（Oprah Winfrey Show）從一九八六年開播至二〇一一年，前後二十五年共計四千五百六十一集，每集收看人數在幾百萬到上千萬人之多，是美國收視率最高的脫口秀節目，累積財富達三十億美元。她對慈善和教育捐獻非常慷慨，也是一位知名度很高的中輟生。

歐普拉在父母未結婚且極度貧困的景況中出生，少年時曾經酗酒、吸毒，過著叛逆墮落的生活，母親因為無力管教，原本要將她送入青年管教所，碰巧管教所床位客滿被拒於門外，十四歲後跟著父親和繼母同住，逐漸改頭換面，在學校裡展露出色的口才。十八歲獲得獎學金進入田納西州立大學（Tennessee State University），主修演講和戲劇，大二時成為田納西州首府一個電視臺最年輕的主播，因此輟學開始她的事業。

二〇〇八年，歐普拉受邀在史丹佛大學畢業典禮上致詞，一開始她先講自己的故事：

一九七五年我少了一個學分，沒能在田納西州立大學畢業，從那時開始，我的老爸就一直念我：「沒有學位要怎麼謀生？」我回答說：「我已經是電視臺節目主持人啦！」但老爸還是說：「沒有學位要怎麼找到另外一份工作？」一九八七年，田納西州立大學邀我在畢業典禮上

演講，那時我的電視節目已經非常受歡迎，我也獲得奧斯卡金像獎最佳女配角提名，那時我回答說：「除非補足了畢業學分，否則我不會去演講。」後來我終於補足學分，拿到我的學位。

接下來歐普拉說：

我要分享我的人生旅途上，對我影響最大的三個經驗。

第一個經驗是：相信自己的內在感覺。自己內在感覺是生命中的GPS（全球定位系統），不管任何事情，如果內心告訴你是對的，就要奮勇直前；如果內心告訴你那是錯的，就踩剎車。你就是你自己，不要模仿別人，更不要讓別人牽著鼻子走。

二十二歲時，我在一個大城市當上電視臺主播，新聞部主管對我說，歐普拉這個名字不好記，不如改成蘇茜。雖然我沒有特別喜歡歐普拉這個名字，但我回答不行，因為內心告訴我不要改。新聞部主管又說我的髮型不好，送我去美容院燙頭髮，過幾天捲髮全塌了下來，我只好把頭髮剃掉，從頭再來。從進入電視界開始，我就想模仿當時最有名的主播芭芭拉（Barbara Walters），後來我想了想，與其做一個傻傻的芭芭拉，不如找回自我，做一個好的歐普拉。報新聞時我常常脫稿，因為我認為新聞報導必須來自內心，我對一場火災事件做現場報導後，我會再回去探訪受災者。

第二個經驗是：失敗。沒有人永遠一帆風順，我們都會遇到挫折，都會跌倒，如果事情出錯了，走進死胡同，那正是生活在告訴你，改變的時刻到了。當你陷入困境，不要去對抗，要融入困境裡，答案會從裡面冒出來。暫時地適應和妥協不代表投降和放棄，它代表嚴肅的責任感。

許多人都知道我在非洲創辦了一所女子中學，我花了五年時間檢視每一張設計圖，挑選宿舍裡每一個枕頭，甚至查看磚塊間的水泥，每個學生都是我親自從九個村落裡挑出來的。然而，去年遭遇一個意想不到的危機，我被告知一名宿舍管理員涉嫌性侵。當時我先哭了半小時，然後立即聯繫兒童心理創傷治療專家派出一個調查隊伍，我也跟著直飛南非進行危機處理。這是一個痛苦的經驗，但學到很多。我明白自己犯了許多錯誤，我把注意力放在不對的地方，我一直從外向內建立這所學校，我應該從內向外建造才對。

第三個經驗是：追求快樂。有一首兒歌是這樣唱的：「不要為打勝仗而活，不要為歌曲的結尾而活，活在當下。」[5]當然這首歌還有另外一層含義：要活出真正快樂，你必須超越自我，推己及人，不能只為自己而活。人生是一個互動互惠的過程，為了更上一層樓，你必須有所回饋。

當然你們已經了解，因為這個經驗已深深融入史丹佛大學的建校精神中，一八八五年史丹佛夫婦（Jane and Laland Stanford）為了紀念因為傷寒逝世的十五歲獨生子，他們把悲痛轉化成偉大善行，捐助鉅款建立了史丹佛大學。他們說：「加州的孩子就是我們的孩子，我們要為別的孩子做一些我們不能為自己孩子做的事情。」

最後，歐普拉引用馬丁・路德博士（Martin Luther King）的一段話做為結語：

> 不是每個人都有機會成名，但每個人都可能變得偉大，因為偉大來自於奉獻。為別人服務，不一定需要大學學位，不一定可以出口成章，不一定懂得亞里斯多德（Aristotle）、柏拉圖（Plato）和愛因斯坦（Albert Einstein）的思想學說，偉大需要的是慈悲的心和充滿愛的靈魂。

注釋

1. 「從別人臉上的汗水擠出自己要吃的麵包」這句話的意思，就是靠別人的勞力來供養自己。「汗水」和「麵包」這兩個比喻來自《聖經．創世紀》第三章第十九節，當亞當和夏娃偷吃禁果後，上帝把他們逐出伊甸園。上帝對亞當說：「你必須汗流滿面才有麵包吃，直到你歸土。」
2. 上帝的裁判就是真理和公義，來自《舊約聖經．詩篇》第十九章第九節。
3. 根據德州大學德規定，德州大學不頒授名譽博士，唯一例外是給現任總統。（In accordance with long-standing Board of Regents tradition, honorary degrees may be awarded only to a sitting President of the United States.）
4. 這個廣為傳誦的譯句，強調「虛心求知」。不過，我想 hungry 和 foolish 兩個字的含義，並不限於知識的追求，另一個可能的解釋是：「進取若饑，天真若愚」。
5. Live not for battle won, live not for the end of song, live in the along. (Gwendolyn Brooks)

第四章

紙短情長的信函

麥克阿瑟將軍〈一個父親的禱告〉

麥克阿瑟將軍（Douglas MacArthur）是美國第一次和第二次世界大戰中的名將，一九三五年被派到菲律賓（當時為美國屬地）擔任軍事顧問；一九三七年結婚，唯一的兒子於一九三八年在菲律賓出生。兒子出生不久後，麥克阿瑟寫了一篇祈禱文，題目是〈一個父親的禱告〉（A Father's Prayer）。

主啊！懇請您教導我的兒子，讓他在脆弱時，能夠堅強地自知自省；在害怕時，有足夠勇氣面對自己；讓他在誠實的失敗中，自豪不屈；在勝利中，謙卑溫和。

懇請您教導我的兒子，讓他不會為欲望而折腰，引導他認識您，同時知道認識自己是知識的根本。

懇請您引領他不要走上安逸舒適的道路，讓他在困難和挑戰中承受壓力和衝擊，讓他學到在暴風中挺立，讓他學會同情憐憫失敗的人。

懇請您教導我的兒子，讓他有純潔的胸懷和崇高的理想，在企圖領導別人之前，先學會領導自己；讓他學會微笑，但是不忘記如何哭泣；遠眺未來，但是不忘記過去。

當他獲得這一切之後，懇請您，再賜給他充分的幽默感，讓他能夠嚴肅地處事，也不會過分拘謹，能夠一笑置之。

懇請您賜給他謙卑，讓他永遠記得，真正的偉大中的平凡，真正的智慧中的謙虛，和真正的力量中的溫柔。

主啊！這樣，我才膽敢輕聲低語說：我已不虛此生。

Build me a son, O Lord, who will be strong enough to know when he is weak, and brave enough to face himself when he is afraid; one who will be proud and unbending in honest defeat, and humble and gentle in victory.

Build me a son whose wishbone will not be where his backbone should be; a son who will know Thee and that to know himself is the foundation stone of knowledge.

Lead him I pray, not in the path of ease and comfort, but under the stress and spur of difficulties and challenge. Here let him learn to stand up in the storm; here let him learn compassion for those who fail.

Build me a son whose heart will be clear, whose goal will be high; a son who will master himself before he seeks to master other men; one who will learn to laugh, yet never forget how to weep; one who will reach into the future, yet never forget the past.

And after all these things are his, add, I pray, enough of a sense of humor, so that he may always be serious, yet never take himself too seriously. Give him humility, so that he may always remember the simplicity of true greatness, the open mind of true wisdom, the meekness of true strength. Then, I, his father, will dare to whisper, have not lived in vain.

林肯總統的私人信函

經由信件傳遞訊息和感情，因為對象和目的的不同，表達方式也有很大的變化空間。在英文裡，值得細讀的著名書信包括：拿破崙（Napoleon Bonaparte）寫給約瑟芬（Empress Joséphine）的情書，英文詩裡最有名的一對詩人羅勃特・白朗寧（Robert Browning）與伊莉莎白・白朗寧（Elizabeth B. Browning）夫妻之間的情書，還有馬克・吐溫（Mark Twain）的書信集，林肯總統的書信集，這些都是智慧和幽默的寶藏。

待人處世

林肯用詩歌短句的形式，寫信給兒子的老師，懇請老師教導他的兒子如何待人處世，節錄如下：

請讓他學到，並非每個人都是公正，並非每個人都是誠實。
但也請您告訴他，有一個壞蛋，也會有一個英雄。
有一個自私自利的政客，也會有一個無私奉獻的領袖。
有一個敵人，也會有一個朋友。
請您帶領他遠離妒嫉，傳授給他安靜微笑的祕密。
讓他盡早學到，霸凌是最不堪一擊的。
開示他，書本裡的奇妙，為他安排寧靜的時光。
也讓他欣賞天空中的飛鳥，陽光底下的蜜蜂，
和青翠的山坡上的花朵裡，永恆的奧祕。
請讓他學到，在學校裡，不及格遠比作弊光榮，
鼓勵他，對自己的理念要有信心，

即使別人都告訴他這些理念是錯誤的。
請教導他，謙虛地對待溫文的人，嚴格地對付粗暴的人。
麻煩您，幫助我的兒子建立堅定的意志，
即使眾人隨聲附和，他也不會隨波逐流。
請您教導他，聆聽別人的意見，
但也教導他用理智過濾這些聲音，去蕪存菁。
請您教導他，如何在哀傷中微笑。
告訴他，流淚並不羞恥，
告訴他，冷言冷話，不值得一顧，同時也要提防過度的甜言蜜語。
請您告訴他，可以為有價值的使命，付出他的氣力和腦袋，
可是，他的心和靈魂都是非賣品。
請您教導他，在亂民的嚎叫聲中，掩住耳朵，
當他認為自己是對的時候，站起來奮戰。
請您輕柔地鍛鍊，但是不要姑息他，
因為，只有烈火才能夠煉出精鋼。

讓他敢於急進，也讓他有堅忍不拔的勇氣。

請您教導他永遠對自己保持高度的信心，因為這樣他才會對人類有高度的信心。

我知道這是莫大唐突的懇求，還是請您費心，

他是個可愛的小鬼，我的小娃娃。

諄諄教誨

以下是林肯寫給他兒子的一封信：

我寫這封信給你，有三個理由：第一，生命、運氣和意外是無法預測的；第二，沒有人知道能夠活多久；第三，有些話早點說還是比較好。

我是「你的父親」，假如我不告訴你這些，沒有別人會，我下面講的是我自己痛苦的經驗，也許可以減少你許多不必要的頭疼，在你的生命裡，記住下面的話：

不要對那些對你不好的人懷恨，除了你的媽媽和我之外，沒有人有義務好好對待你。那些對你好的人，你要珍惜和感激；但是同時也要小心，因為每個人的每一個動作都有他的動機。

當一個人對你好的時候，並不代表他真的喜歡你，你要小心，不要一下子就把他當作真正的朋

友。

沒有人是不可以被取代的，世界上沒有任何一件東西是必須擁有的，你了解這個觀念之後，即使周圍的人不再要你，或者即使失去最愛的人和物，你也能夠泰然地繼續前行。

生命是短暫的，如果今天浪費生命，哪天你會發現生命將離你而去。愈早知道珍惜生命，你愈能享受生命。

愛情不過是瞬間的感覺，而且這份感覺會隨著時間和一個人的感情而消逝，假如你的愛人離開你，要忍耐，時間會洗去你的痛苦和哀傷，不要過分強調愛情的美麗和甜蜜，也不要過分強調失去愛情的哀傷。

許多成功的人沒有機會接受良好教育，但是，那並不等於不用功求學也可能會成功，你所獲得的任何知識，都是生命中的武器。

一個人可以從衣衫襤褸轉變成綾羅綢緞，但是，他必須從有一件可以蔽體的破衣服開始。

我不期待你在我年老時在經濟上支持我，但是，我也不會在經濟上支持你一輩子，你成年以後，我就沒有支持你的責任。成年以後，你決定要擠公車，還是坐雙B黑頭車，是窮困，還是富裕，你必須實踐諾言，但是，不要期待別人也是如此。即使你好好對待別人，也不要期待別人會好好待你，假如沒有了解這一切，你會碰到許多不必要的麻煩。

我買了不知多少年的彩券，但從來沒有中獎過，這說明如果要發財，你得努力，天下沒有免費的午餐。

無論我和你相聚了多久，讓我們珍惜在一起的時光，我們實在無法知道下一輩子會不會重逢。

安慰大學落榜的後輩

林肯的大兒子叫羅伯特・托德・林肯（Robert Todd Lincoln），家人暱稱他鮑伯（Bob）。鮑伯有一個高中同班同學叫喬治（Georg Latham），喬治的爸爸也是林肯的好朋友。鮑伯和喬治同時申請進入哈佛大學，鮑伯錄取了，喬治卻沒有。當林肯聽到喬治沒錄取時，寫了一封信安慰他：

從昨天鮑伯的來信中，得知你沒有被哈佛大學錄取時，我感覺到從未有的難受。不過，只要你沒有被失望挾持，其實那不是嚴重的一回事。毫無疑問地，你有足夠能力進入哈佛大學；以及從哈佛大學畢業。既然你已經踏出嘗試的第一步，那麼就必須堅持到底，想要獲得成功，「必須」是最重要的兩個字。

我不知道如何幫你的忙，不過做為一個飽經憂患的長者，我敢斷言你不可能失敗，如果你下定決心的話。哈佛大學的校長是一位仁慈學者，毫無疑問地他會給你面談機會，指出最適當的方法，消除你前進的障礙。

目前暫時的挫折，並不代表那些順利進入大學的人，能成為比你更傑出的學者，或者在生命的奮鬥中，成為比你更成功的鬥士。

讓我再說一次，不要被失望挾持，最後你一定會成功。

慰問殉難好友的女兒

林肯有一位摯友在南北戰爭中殉難，林肯寫一封慰問信給好友的女兒：

對於妳慈祥勇敢的父親過世的消息，讓我非常難過，特別是這個消息對年輕的妳，一定帶來非常沉重的打擊。

在這個不幸的世界，悲傷降臨每個人身上，年長者知道這都在意料之中，但對於年輕人來說，因為毫無預警，更加深了折磨。我很想幫妳減輕目前的憂傷，但是，除了靠時間消弭悲傷，目前想要完全紓解是不可能的。雖然妳現在不相信有一天能走出悲傷，但真是這樣嗎？那只是錯覺，妳一定可以重新獲得快樂。有這份信心，將讓妳不再那麼難過，而且的確如此。只要妳相信，我有足夠的經驗這麼說，妳可以很快放下沉重心情。

對親愛父親的懷念和記憶，不會是痛苦，而是淒美甜蜜，它們將長存在妳心中，比過去任何體驗更純真、更聖潔。

請代我向妳哀傷的令堂致意。

唐伯虎的尺牘

唐寅，字伯虎，是明代才華橫溢、著名的畫家、文學家。他和祝枝山、文徵明、徐禎卿有「江南四大才子」之稱。雖然許多人都聽過「唐伯虎點秋香」的故事，其實那是無案可稽的民間軼事而已。

送茶葉

新茶奉敬，素交淡泊，所可與有道者，草木之叨耳。

恭敬地奉上新茶，我是個淡泊清貧的人，能夠送給像您這樣有品德和修養的人的，也只是一些草木之類的東西而已。

友人回信說：

日逐市氛，腸胃間盡屬紅塵矣。荷惠佳茗，嘗之兩碗，覺九竅香浮，幾欲羽化。信哉，鄙生非軒冕人也。謹謝。

我每天在庸俗的市井氣氛中討生活，腸胃裡裝滿了紅塵（紅塵字面是指市井氣氛中的塵土，也指繁華的俗世）。承蒙您送我好茶，喝了兩碗，覺得眼耳口鼻都充滿了香氣，真有「羽化登仙」的感覺。當然我也不是一個富貴中人，只能恭敬地表達謝意（回應送茶葉的信裡所說「我是個淡泊清貧的人」那句話）。

原本簡單的兩句話「送你一盒茶」與「茶很好喝，謝謝」，也可以這樣來表達。

送酒

一個塵字，忙了許多人，吾輩最忘此塵字不去。酒名可曰掃塵。知君邇來，儘在塵中，聊

> 貢一斗，為君掃之。

許多人都為庸俗的世事忙碌，我們往往擔心跳脫不出這個塵字。酒可以叫做掃塵的帚（蘇軾「洞庭春色」：應呼釣詩鉤，亦號掃愁帚。而酒和帚，讀音相近，更見妙趣）。我知道您近來盡在紅塵中打滾，特地送上一斗酒，替您掃塵。

友人回信說：

> 高陽酒徒，無貂可解矣。既我者適當其時，又不覺身入醉鄉去，容醒時馳謝。

我這個酒鬼已經沒有酒可喝，您送來的酒，正是時候，不過，不覺之中，我已經身入醉鄉，等酒醒之後，再過來道謝。

秦末有一個人拜見劉邦，自我介紹說：「我是來自高陽喜歡喝酒的人。」這就是「高陽酒徒」的出處（《史記．酈生陸賈列傳》第三十七）。另一個典故是司馬相如和卓文君私奔回到家鄉，沒有錢，只好把身上的貂皮大衣拿去換酒喝，所以有「貂裘換酒」的說法（《西京雜記》）。

喝一碗茶而生香羽化，乾一杯酒以釣詩掃塵，舞文弄墨，不也多增一分情趣嗎？

借錢

唐伯虎寫一封信向朋友借錢：

青蚨遠我，近未飛來，弟終日奔忙，俱尋孔方兄耳。足下囊有長物，希移數貫，少助腰纏，稍遲數日，即以萬選者歸還。甚無掛慮，即解杖頭。

大意是：近來手頭很緊，終日都是為找錢奔波忙碌。您荷包滿滿，希望能夠挪借一點，幫我一個忙，數日之後立即歸還，請您不必掛慮，趕快打開荷包吧！

傳說有一種蟲叫青蚨，長得像蠶，體型稍微大一點。母蚨生下子蚨，子蚨不管被帶到多遠的地方，母蚨一定會飛去和子蚨在一起。按照《淮南子》記載，有一個「青蚨還錢」的方法，買東西的時候，用塗母蚨血的錢付帳，塗子蚨血的錢留在口袋裡，有母蚨血的錢就會自動飛回到口袋裡。青蚨因此成為錢的代名詞。青蚨離我遠去，近日沒有飛來，就是近日沒有收入。

「孔方兄」也是錢的代名詞，因為中國古代的銅錢，中間有一個方的孔，可以用繩子串起來，方便攜帶；另一個解釋是銅錢製造時可以串在木棍上，方便修銼銅錢的邊緣。而且圓的錢、方的孔，符合古時候「天圓地方」的宇宙觀。

信裡另一個錢的代名詞：萬選。唐朝文人張鷟文章寫得很好，有如青錢般人人喜歡，萬選萬中，所以，「青錢萬選」用來比喻文才出眾的意思。在這裡唐伯虎倒過來，用「萬選」代表「青錢」。我們不得不佩服唐伯虎，在一封短短的借錢信裡，完全沒提到錢這個字，卻用了青蚨、孔方兄和萬選三個代名詞。

關於荷包，還有兩個代名詞，一個是「腰纏」，就是把銅錢串起來繫在腰上。話說四個進京考試的年輕人在路上遇到一位神仙，神仙答應送給每個人一個願望。第一個人說我願為富翁，腰纏萬貫；第二個人說願做揚州的刺史，得眾人仰慕；第三個人說願當神仙，騎著鶴上天下地，逍遙遊玩；第四個人則說他的願望是「腰纏十萬貫，騎鶴下揚州」。另一個代名詞是「杖頭」，出自三國時期竹林七賢之一的阮籍。他是個喜歡喝酒、不受世俗禮教約束的文人，常常把一百枚銅錢掛在杖頭，獨自出外散步，走到酒店，就把掛在杖頭的銅錢解下來付酒錢。所以，杖頭就是掛錢的地方。

唐伯虎寫信來借錢，怎麼辦？他的朋友回信是這樣寫的：

緩急原為常情，挪移亦屬大義。敢不相通，貽譏鄙吝。但弟亦赤洪厓耳，安能副兄所望。僅有若干，謹付令使齎上，特恐涓埃輶褻，不足當大方慨揮，統祈原諒。

手頭有鬆有緊是正常的事情，挪借周轉也是合乎道義的道理，我哪敢因為不肯相通錢財而被譏笑為吝嗇。不過，我的財力和您也是彼此彼此，無法如您所望如數借給您，僅將金錢若干交給您的僕使，恐怕這些如涓滴微塵的小錢褻瀆了您，不夠您大手筆地使用，還希望您見諒。

「洪厓」是古代管錢的官，有一首詩〈戲答白稹〉說：我們都沒有錢，就像穿白衣服和穿紅鞋的管錢的官，都沒有錢。因此「赤紅厓」就是指「沒有錢的人」。

催債

錢借給朋友卻遲遲不見歸還，自然得寫信去要。朋友沒有錢還，只好回信說抱歉，唐伯虎討債的信這樣寫：

焚券市義，古人高風，非不慕之，力無能耳。前承金諾，又已逾期。竟令涸轍之魚，空待西江之水，似非知我所應如斯。希即措償，以舒懸切。

「焚券市義」是古人高尚的行為，我並非不仰慕這種做法，只是沒有能力而已。以前承蒙您的金諾，但已經過期很久。我好比在乾涸車轍中的魚，空等著西江的水，這不像老朋友該有的行為。希望您趕快找錢還債，免得我像被吊在半空中一樣擔心。

「焚券市義」是指戰國時代齊國公子孟嘗君派食客馮諼到封地薛城收債的故事。馮諼把借條都燒了，回覆孟嘗君，為他買了「義」。一年後，孟嘗君到薛城，百里之外，百姓扶老攜幼歡迎他，孟嘗君感動地對馮諼說：「您替我買的義，我今天看到了。」

「金諾」一詞源自漢朝季布的事蹟，他是一位重諾言、守信用的人，當時人稱：「得黃金百斤，不如得季布一諾。」

「涸轍之魚」和「西江之水」兩句成語出自《莊子》。莊周因為家貧，向一位管理河道的官（監河侯）商借米糧。這個小官說：「好的，等我收到老百姓的租稅，就借你三百兩銀子好嗎？」莊周聽了說：「我來的時候，看見路上快乾涸的車轍裡，躺著一條鯽魚。鯽魚對我說：『我從東海來，快乾死了，您可以給我一升或一斗水，救我的命嗎？』我說：『可以，等我往南邊去，遊說吳國和越國的君王，引西江的水來救你好嗎？』鯽魚說：『等到你把西江的水引來，不如到賣乾魚的攤子找我。』」

接到朋友催債的信，錢還是還不出來，該如何回信呢？唐伯虎的友人寫道：

歸璧有心，點金無術。僕實迫於莫可如何者，豈甘作負債人耶。足下且略跡原心卓識，存設身處地之深情。希再展現，自應清償。漫謂覥然人面，終亦食言者。

一開頭說「歸璧有心，點金無術」，點出自己的心境，接著說，我實在迫於無可奈何，哪裡甘心做負債之人呢？還請您本著照顧我的初衷和設身處地的情義，再延展還款的期限。屆時我會清償借款，不會厚著臉皮做食言的人。

「歸璧有心」來自藺相如完璧歸趙的典故。「點鐵成金」這句則源於宋朝黃庭堅談論如何寫文章的一段話，他說：古人寫過的文章，只要稍稍改動一下，若是改動得宜，「如靈丹一粒，點鐵成金也」。至於「食言而肥」這個成語，春秋時代魯國大夫孟武伯，他的毛病是說話不算數。有一天魯哀公宴請群臣，孟武伯對另一個大臣說你怎麼愈來愈胖了，魯哀公這時指桑罵槐地說：「是食言多矣，能無肥乎？」

討論讀書

為蠶養桑，非為桑也，以桑飯蠶，非為蠶也。逮蠶吐繭而成絲，不特無桑，蠶亦無矣。取其精，棄其短，取其神，棄其形。所謂羅萬卷於胸中，而不留一字者乎。

為蠶種桑樹，不是為種桑樹而種桑樹，用桑葉來養蠶，不是為養蠶而養蠶。等到蠶結繭而成絲，不獨桑樹沒有了，蠶也死了。同理，讀書要擷取精細微妙的要點，摒棄粗糙疏淺的贅言，擷取內涵，摒棄外表，就是所謂讀萬卷書，轉化為思想存在心中，而非背誦文字而已。

這封和朋友討論讀書的短信，饒富深意，其中一個要點是，書要讀得多，不妨讀得雜，沒什麼書是完全無趣的，讀了之後趣味就會出來，沒什麼書是看不懂的，用心讀就讀得懂。讀某些書是為獲得知識，以學以致用為目的；讀某些書是為修心養性，是為了欣賞、享受。讀書有精讀和略讀的分別，也要有吸收、篩選和摒棄的過程。一個人讀的書，呈現在他的思想、人格、行為、談吐和風度上面，絕對不等同於一份書單代表的意義。

邀紅粉知己遊湖賞花

唐伯虎有一位紅粉知己叫徐素，和唐伯虎有白頭之約，可惜很年輕就過世了，唐伯虎為之傷痛不已。下面是唐伯虎在某年晚春時邀徐素一起郊遊的一封信：

採綠有心，踏青無伴。如布衣素屐，得一司香紅袖同遊，則青山缺處，會見花鳥亦迎人作笑也。君素自命知風雅，何不許我同遊乎？豈別有慧心，獨向山陂水崖叮嚀語燕，細勸啼鵑，招落花遊魂，寄殘春消息，故不容他人在旁相擾耶？僕已雇小舟，擬作山塘竟日遊，看水面落花，聽枝頭燕語。君遊不願人從，不知亦肯共我遊乎？人言殘春景物悽慘，僕則濃陰深綠，卻另有一種風趣。有非世俗所能領會者，君如解人，亦當有悟。專此速妝，幸毋姍姍其來遲也。

我很想去採摘綠葉，卻沒有同伴可以和我一起在草地上散散步。穿著樸素的我，如果有一位打扮漂亮的美女相伴，那麼在青山低處，花鳥都會笑著迎接我們。您常常說自己是懂風雅的人，為什麼不許我和您結伴出遊呢？難道您有別的想法，想要在山坡水邊叮嚀燕子，勸說杜鵑，招回殘落的花魂，傳遞春天即將逝去的消息，所以不許別人在旁邊打擾？我已經訂了一艘小船，準備一整天在山下的湖上遊玩，看水上落花，聽枝頭燕語。我知道您出外遊玩，不喜歡有人跟蹤，但是，不知道是否願意和我一起出遊呢？有人說晚春的景色是淒慘的，我倒覺得濃蔭深綠，另有一種風趣，不是世俗的人所能領會。聰明如您，自然能夠體會，請您趕快梳妝打扮，不要姍姍來遲喔。

這信寫得殷勤細心，風趣逗人，而又死打爛纏，喋喋不休。信裡沒什麼偏僻的典故，清新易讀。看了原文，一定會同意比白話文版更勝百倍。

第五章

別離悼輓的詩歌

泰戈爾的離別詩

英文的離別詩詞，我先選了印度詩人泰戈爾（Rabindranath Tagore）寫的兩首詩，都選自他的詩集《吉檀迦利》（*Gitanjali*）。「吉檀迦利」是獻詩的意思，原作用孟加拉文寫成，由泰戈爾自己翻譯成英文，這本詩集是他的最重要著作之一，也可以說是他在一九一三年獲得諾貝爾文學獎的主要代表作。

Farewell 告別

《吉檀迦利》詩集第九十三首〈Farewell〉（告別），主題為送行，其實原詩沒有題目，通常選用詩中 bid me farewell 這句的 Farewell 為題。

我已經請好假了，弟兄們，請為我送行吧！
讓我向你們深深鞠躬，我馬上就要啟程了。
讓我交還大門的鑰匙，也交出房子的權狀。
我唯一的請求，是你們臨別時對我殷勤的問候。

我們是老鄰居了，我付出的少而我得到的多。
天已破曉，曾經照亮著黑暗角落的燈已經熄滅，
我已經聽到呼召的聲音，我已經準備好遠行。

I have got my leave. Bid me farewell, my brothers!
I bow to you all and take my departure.
Here I give back the Keys of my door and I give up all claims to my house.
I only ask for last kind words from you.
We were neighbours for long, but I received more than I could give.
Now the day has dawned and the lamp that lit my dark corner is out.
A summons has come and I am ready for my journey.

Parting 離開

《吉檀迦利》詩集第九十四首是〈Parting〉（離開）。

離別那一刻，祝我好運吧！我的朋友！
晨光曦微，前路無限優美。
不要問我帶了什麼往那邊去，
我只帶著空空的雙手和一顆期盼的心上路。
我會戴上婚禮的花環，我穿的不是遠行人紅褐色的衣服，
雖然前程險惡，我亦從容無懼。
在旅程的盡頭，晚星將會升起，
從皇宮的大門口，將會飄出黃昏的哀歌。

At this time of my parting, wish me good luck, my friends!
The sky is flushed with the dawn and my path lies beautiful.
Ask not what I have with me to take there.
I start on my journey with empty hands and expectant heart.
I shall put on my wedding garland. Mine is not the red-brown dress of the traveller, and though there are dangers on the way I have no fear in mind.

The evening star will come out when my voyage is done and the plaintive notes of the twilight melodies be struck up from the King's gateway.

莎士比亞的〈Farewell〉

接下來選了《莎士比亞十四行詩集》（*Shakespeare's Sonnets*）[1]的第八十七首〈Farewell〉，這首詩是一個男子向一位身分高貴的女子告別的詩，他覺得自己配不上這女子，應該讓她離他而去。

再會吧！妳的高貴，我實不配擁有。
妳的青睞，的確千金難求。
身價不菲，自當無拘無束，
痴情雖重，亦應收心放手。
沒有你的恩賜，何來接受？
我竟懵然不悟，好運根由，

無緣無故，得到這份厚禮，
自慚形穢，不敢照單全收。
天真未鑿，你低估了自己，
全無心計，也選錯了對手。
流水無情，難解落花有意，
迷途知返，無言獨上歸舟。
曾經愛過，恍如渺渺春夢，
襄王神女，醒來萬事俱休。

Farewell, thou art too dear for my possessing,
And like enough thou know'st thy estimate:
The charter of thy worth gives thee releasing;
My bonds in thee are all determinate.
For how do I hold thee but by thy granting?
And for that riches where is my deserving?

The cause of this fair gift in me is wanting,
And so my patent back again is swerving.
Thyself thou gav'st, thy own worth then not knowing,
Or me, to whom thou gav'st it, else mistaking;
So thy great gift, upon misprision growing,
Comes home again, on better judgment making.
Thus have I had thee, as a dream doth flatter,
In sleep a king, but waking no such matter.

杜甫的「三別」

講到中國詩詞關於別離的詩，一定要提到杜甫有名的「三別」，分別是〈新婚別〉、〈垂老別〉和〈無家別〉。這三首詩和江淹的〈別賦〉有個相似的地方，就是描述在不同的情景之下，別離的哀傷和悲痛。

〈新婚別〉

描寫一對新婚夫婦，新郎在結婚第二天清晨就要赴前線當兵，其中幾句是：

嫁女與征夫，不如棄路旁。結髮為君妻，席不暖君床。暮婚晨告別，無乃太匆忙。

把女兒嫁給馬上要出征的軍人，不如把她丟棄在路旁。
和你結為夫妻，床席都沒有睡暖，
昨天晚上結婚，今天早上就要告別，實在太匆忙！
不過，妻子還是叮嚀囑咐新婚的丈夫：

勿為新婚念，努力事戎行。

不要為新婚思念太多，努力在戰場上奮戰吧！

〈垂老別〉

描寫一個老人的子孫都在戰爭中死亡了，他還是被徵召，離開他年老的妻子上戰場，一開頭二句是：

四郊未寧靜，垂老不得安。

世局紛亂，雖然年紀已老，還是不能過安寧平靜的生活。

老妻臥路啼，歲暮衣裳單。孰知是死別？且復傷其寒。此去必不歸，還聞勸加餐。

年老的妻子哭哭啼啼相送到路旁，歲末天寒她只穿著單薄的衣服。說不定這就是死別了，但還是擔心年老的妻子會著涼。這一回肯定是不會回來了，還聽到妻子吩咐我好好保重。

〈無家別〉

描寫一個在戰場上歷劫回鄉的老兵，發現村子已經家散人亡了：

我里百餘家，世亂各東西，存者無消息，死者為塵泥。

村子有一百多戶人家，因為戰爭分散，各奔東西，活的沒有消息，死去的化為塵土。哪曉得縣官知道他回來，又徵召他去當兵。

家鄉既蕩盡，遠近理亦齊。

雖然離家不遠，但是孑然一身，家鄉也已經被夷為平地，遠近也沒有什麼分別了。不過，回想起臥病在床五年、死後還不能好好埋葬的母親，不得不說：

人生無家別，何以為蒸黎。

無家可別，怎麼樣做一個老百姓呢？

古詩十九首之〈行行重行行〉

古詩十九首的第一首〈行行重行行〉：

行行重行行，與君生別離。相去萬餘里，各在天一涯。道路阻且長，會面安可知。胡馬依北風，越鳥巢南枝。相去日已遠，衣帶日已緩。浮雲蔽白日，遊子不顧返。思君令人老，歲月忽已晚。棄捐勿復道，努力加餐飯。

一步一步地往前走，在這一刻就要和你分手，從此相隔萬里，各在天地的兩頭。道路艱險遙遠，誰知道何時才能再聚首？北邊來的馬依然依戀著北風，南來的鳥還是選擇築巢在朝南的枝頭。分別的時間愈來愈長，人也愈來愈消瘦。浮雲遮住太陽，遊子也不再想回家，依然浪跡遠遊。想念你讓我變得更衰老，韶華不為少年留，心中的話也不必再多說，願你保重身體，讓我忘慮消愁。

王實甫《西廂記‧長亭送別》

戲劇表演有哪些動人的別離場景呢？我們來看王實甫《西廂記‧長亭送別》那一段。

《會真記》

唐代詩人元稹所寫的傳奇《會真記》（又名《鶯鶯傳》）敘述唐德宗貞元年間的讀書人張生，在山西蒲州的普救寺遇到護送丈夫靈柩回長安、路過蒲州的崔氏夫人和她的女兒崔鶯鶯。崔氏夫人姓鄭，張生的媽媽也姓鄭，算起來張生可以叫崔夫人為姨母。

張生看到崔鶯鶯，驚為天人，再三請求崔鶯鶯的丫鬟紅娘幫他表達愛慕的心意，張生寫了兩首詩給崔鶯鶯，紅娘也帶回崔鶯鶯寫給張生題為〈明月三五夜〉的一首詩：

待月西廂下，迎風戶半開；拂牆花影動，疑是玉人來。

崔鶯鶯和張生相約在西廂房會面，後來得到崔夫人的允許，相聚了個把月的時間。後來張生上京考試，沒有考取就留在長安，一年多之後，崔鶯鶯別嫁，張生另娶。有一回，張生路過崔鶯鶯的住所，要求以表兄的身分和崔鶯鶯見面，崔鶯鶯拒絕，她寫了一首詩給張生：

自從消瘦減容光，萬轉千迴懶下床，不為旁人羞不起，為郎憔悴卻羞郎。

人已消瘦，容光已減，連床也懶得下了。不是因為別人在旁，不好意思和你見面，而是為了你憔悴，才不想讓你看見。

《西廂記》

元朝王實甫按照《會真記》的故事改編成雜劇《西廂記》，詞句曲調優美，被稱為「元雜劇的壓卷之作」。不過，《西廂記》卻有一個美滿的結局，張生和崔鶯鶯有情人終成眷屬。

《西廂記》一共有五本，第四本第三折的〈哭宴〉，那就是崔夫人、崔鶯鶯和紅娘送張生上京考試別離的故事，我們簡單地節錄（也比較口語化地敘述）如下：

夫人上場說：「今日送張生進京趕考，在這十里長亭準備了送行的酒宴。」

接著崔鶯鶯和紅娘上場，鶯鶯說：「離別已經足以令人傷感，更何況在暮秋天氣。」

鶯鶯說：「悲歡聚散一杯酒，南北東西四馬蹄。」接著唱：

碧雲天，黃花地，西風緊，北雁南飛。曉來誰染霜林醉？總是離人淚[2]。

倩（請）疏林，你與我掛住斜暉。馬兒慢慢行，車兒快快隨。剛剛結束相思之苦，卻又開始別離之愁。

張生到了長亭，拜見夫人。

夫人和張生說：「你過來，自己人不必迴避，我今天既把鶯鶯許配了你，你要努力爭取個狀元功名回來。」

張生信心滿滿地回答：「我雖然才疏學淺，好歹要奪個狀元回來，封拜小姐。」

在宴席上，鶯鶯唱：

西風吹來，黃葉紛飛，衰草淒迷。看著酒席上斜偏著身子坐的張生，滿面愁容，雙眉緊蹙，無精打采。雖然久後成佳配，這時節怎不悲啼？意似痴，心如醉，昨宵到今日，我的腰圍就消瘦了不少。

夫人吩咐鶯鶯替張生斟酒，鶯鶯唱：

你輕遠別，忘良辰。腿兒相壓，臉兒相偎，手兒相持。這般並頭蓮，可不是強於狀元及第？

夫人又吩咐紅娘替張生、鶯鶯斟酒，紅娘對鶯鶯說：「小姐，妳今日不曾用早飯，就隨意喝點湯吧！」

鶯鶯唱：

端上來的酒菜食物，嘗起來像土和泥，就算是土和泥，也有些土氣息、泥滋味。暖溶溶的酒，白冷冷似水，多半是相思淚。面前的茶飯不想吃，離恨塞滿了腸胃。只是為了虛名微利，把鴛鴦拆散了。

一陣子杯盤狼藉，夫人和小姐上車向東，張生上馬向西。

鶯鶯吟了一首詩送給張生：「棄置今何道，當時且自親，還將舊時意，憐取眼前人。」現在你拋棄了我，我也沒有辦法，當初是你來找我的，你還是把過去對我的情意，去愛你眼前的新人吧！

接著叮嚀他：

到京師，要適應水土，趕旅程，要節制飲食，順應季節，自保千金體。憂愁訴與誰？相思只自知。

接著唱：

剛剛還是一起同來，如今竟是獨自歸去。我在這裡會常常寫信給你，你切莫金榜題名誓不歸，你要記住：看到那些異鄉花草，不要流連徘徊。

張生說：「小姐金玉之言，小生一一銘記肺腑。相見不遠，不須過悲。」忍著淚，垂下臉，含情假意展開眉頭。

鶯鶯說：「不知魂已斷，那有夢相隨。」

最後，鶯鶯上了車，接著唱：

四圍山色中，一鞭殘照裡。人間的煩惱，充滿了心頭，這般大小的車兒，如何載得動[3]？

蔡文姬〈胡笳十八拍〉

蔡文姬是三國時代的才女，她精通詩、書法和音律，可惜命運坎坷，十六歲結婚，丈夫在婚後一年就去世了；二十二歲那年被匈奴擄去，被強迫納為王妃，生了兩個兒子，學會了異族語言，學會了吹奏「胡笳」（中國北方少數民族的樂器）。十二年後，曹操派人攜黃金千兩、白璧一雙將蔡文姬贖回，她因此離開了丈夫和兩個兒子。回來後，曹操將蔡文姬許配給校尉董祀，婚後生了一兒一女，但董祀犯了死罪，蔡文姬向曹操求情，董祀獲得赦免，他們兩個看透世事，退隱山林。

蔡文姬最有名的詩〈胡笳十八拍〉，描述從被擄到離開丈夫和兒子回到中原的心情。

第一拍描寫被擄後遭受汙辱：「我生之初尚無為，我生之後漢祚衰。天不仁兮降亂離，地不仁兮使我逢此時。干戈日尋兮道路危，民卒流亡兮共哀悲。煙塵蔽野兮胡虜盛，志意乖兮節義虧。對殊俗兮非我宜，遭惡辱兮當告誰？笳一會兮琴一拍，心憤怨兮無人知。」在太平安定中，我出生來到世上；漢朝國運衰敗時，我逐漸成長。蒼天沒有仁心啊！帶來戰亂流離；大地沒有仁心啊！讓我生逢此時。戰亂連綿不斷啊！陸上死難重重；百姓流離失所啊！心中慌亂悲痛。煙塵蔽野，胡兵強悍，違背我的意志，強奪我的節義。蠻風異俗，難以適應，惡言汙辱，能向誰傾？吹一節胡笳，彈一拍瑤琴，滿心的悲憤怨恨，舉目無親有誰憐？

第二拍描寫被逼成婚：「兩拍張弦兮弦欲絕，志摧心折兮自悲嗟。」將琴弦拉緊，來唱第二拍，弦差不多要斷了，心志被摧折，獨自悲嘆。

第三拍描寫到了胡地：「越漢國兮入胡城，亡家失身兮不如無生。」越過漢界被擄到匈奴的城中，家園亡了、失了身，不如了結此一生。

第四拍描寫對鄉土的思念：「無日無夜兮不思我鄉土，稟氣含生兮莫過我最苦。」日日夜夜都在思念家鄉，一息尚存的人唯我最苦。

第五拍描寫南飛和北返的雁：「雁南征兮欲寄邊聲，雁北歸兮為得漢音。」想請託南飛的雁，把我遠在塞外的訊息帶回去；盼望飛回北方的雁，帶來漢家的音訊。

第六拍描寫異域的生活：「冰霜凜凜兮身苦寒，饑對肉酪兮不能餐。」冰霜苦寒，面對異鄉的飲食，肚子餓了，也無法下嚥。

第七拍描寫對景生悲：「日暮風悲兮邊聲四起，不知愁心兮說向誰是！」日落風急，邊聲四起，心中的愁苦，向誰傾訴？

第八拍描寫怨恨的情緒：「為天有眼兮不見我獨漂流，為神有靈兮何事處我天南海北頭？」如果老天有眼，為什麼看不到我孤獨漂流；如果神有靈，為何讓我處在天南海北頭？

第九拍描寫生命中毫無歡樂：「人生倏忽兮如白駒之過隙，然不得歡樂兮當我之盛年。」人生短暫，有如白駒過隙，我正當盛年，卻得不到歡樂。

第十拍描寫戰亂：「城頭烽火不曾滅，疆場征戰何時歇？殺氣朝朝沖塞門，胡風夜夜吹邊月。」

第十一拍描寫兩個兒子：「胡人寵我兮有二子，鞠之育之兮不羞恥。」匈奴丈夫寵愛我，我為他生了兩個兒子，我要養育他們成長，這並不羞恥。

第十二拍描寫漢使來贖她回中原：「十有二拍兮哀樂均，去住兩情兮難具陳。」第十二拍有哀傷也有喜樂，去和留兩種心情很難說清楚。

第十三拍描寫捨不得離開兩個兒子：「不謂殘生兮卻得旋歸，撫抱胡兒兮淚下沾衣。」想不到殘生還有回到漢家機會，撫抱著兩個兒子淚下沾衣。

第十四拍描寫在夢魂中牽掛兒子：「山高地闊兮見汝無期，更深夜闌兮夢汝來斯。」山高地闊，不知何時才會再見到你們，更深夜靜，夢到你們回來。

第十五拍描寫母子分離：「子母分離兮意難任，同天隔越兮如商參，生死不相知兮何處尋！」母子分離，心中無法承受，如同天空中隔絕的商和參兩顆星，是生是死都不知道，教我到何處去尋覓。

第十六拍描寫別離時的心情：「今別子兮歸故鄉，舊怨平兮新怨長！」離開兩個兒子，返回故鄉，舊怨雖已被埋藏，新怨卻又更長。

第十七拍描寫過去和現在的心情：「去時懷土兮心無緒，來時別兒兮思漫漫。」去的時候懷念故土，回來的時候懷念兒子。

第十八拍是最後的結束：「胡笳本自出胡中，緣琴翻出音律同。十八拍兮曲雖終，響有餘兮思無窮。是知絲竹微妙兮均造化之功，哀樂各隨人心兮有變則通。胡與漢兮異域殊風，天與地隔兮子西母東。苦我怨氣兮浩於長空，六合雖廣兮受之不容！」胡笳是匈奴的樂器，胡笳的音樂可以在瑤琴上彈奏，音調和韻律本來都相同，雖然十八拍聲盡曲終，但是茫茫的思緒卻綿綿無窮。音樂的微妙有如天籟，隨著各人心境的哀樂變化相通。匈奴和漢地域風俗各不同，天地遙對，日子各西東，喪苦的怨氣，密布長空，天地再廣，亦無法全部包容。

粵曲〈再折長亭柳〉

徐柳仙〈再折長亭柳〉

〈再折長亭柳〉

粵曲源於戲曲聲腔，流行於廣東及廣西的粵語方言區，並且流傳到香港、澳門、東南亞和美洲的粵籍華僑聚居地，用廣州方言表演的歌唱藝術。有一首有名的粵曲〈再折長亭柳〉，歌詞是這樣的（用國語、粵語念都韻味十足）：

別離人對奈何天，離堪怨別堪憐，離心牽柳線，別淚灑花前。甫相逢，才見面，唉不久又東去伯勞西飛燕[4]。忽離忽別負華年，愁無恨咯恨無邊，慣說別離言，不曾償夙願。春心死咯化杜鵑，今復長亭折柳，別矣嬋娟。唉我福薄緣慳，失此如花美眷。

〈送別〉

〈送別〉這首歌由李叔同[5]作詞、黃友棣編為合唱曲，歌的原曲是十九世紀美國音樂家奧德威（John P. Ordway）寫的民謠〈夢見故鄉和母親〉（*Dreaming of Home and Mother*）。

長亭外，古道邊，芳草碧連天。
晚風拂柳笛聲殘，夕陽山外山。
天之涯，地之角，知交半零落。
一瓢濁酒盡餘歡，今宵別夢寒。

草碧色，水綠波，南浦傷如何。
人生難得是歡聚，唯有別離多。
情千縷，酒一杯，聲聲離笛催。
問君此去幾時來，來時莫徘徊。

韶光逝，留無計，今日卻分袂。
驪歌一曲送別離，相顧卻依依。
聚雖好，別雖悲，世事堪玩味。
來日後會相予期，去去莫遲疑。

徐志摩〈再別康橋〉

選了徐志摩的〈再別康橋〉做為離開一個地方的詩的例子。不過，先看徐志摩一篇〈我所知道的康橋〉最後一段：

一別二年了，康橋，誰知道我這思鄉的隱憂也不想別的，我只要那晚鐘撼動的黃昏，沒遮欄的田野，獨自斜倚在軟草裡，看第一個大星在天邊出現。

徐志摩的〈再別康橋〉：

輕輕地我走了，正如我輕輕地來；
我輕輕地招手，作別西天的雲彩。

那河畔的金柳，是夕陽中的新娘；
波光裡的豔影，在我的心頭蕩漾。

軟泥上的青荇，油油的在水底招搖；
在康河的柔波裡，我甘心做一條水草！
那榆蔭下的一潭，不是清泉，是天上虹；
揉碎在浮藻間，沉澱著彩虹似的夢。
尋夢？撐一支長篙，向青草更青處漫溯；
滿載一船星輝，在星輝斑斕裡放歌。
但我不能放歌，悄悄是別離的笙簫；
夏蟲也為我沉默，沉默是今晚的康橋！
悄悄地我走了，正如我悄悄地來；
我揮一揮衣袖，不帶走一片雲彩。

悼輓的詩歌

惠特曼悼林肯總統的輓詩

惠特曼（Walt Whitman）是美國十九世紀的名詩人，《草葉集》（*Leaves of Grass*）是他最有名的詩集。惠特曼非常崇拜林肯總統，一八六五年林肯被刺殺後，他先後寫了四首悼念的詩：〈軍營寂靜無聲〉（*Hush'd Be the Camps To-day*）、〈當最後的紫丁香在庭院中綻放時〉（*When Lilacs Last In the Dooryard Bloom'd*）、〈哦！船長，我的船長〉（*O Captain! My Captain!*）、〈人歸故土〉（*This Dust Was Once the Man*）。

在〈哦！船長，我的船長〉這首詩裡沒有提到林肯總統的名字，而是以去世的船長比喻林肯總統，用一艘安全歸航的船比喻美國，用一段艱險的行程比喻美國南北戰爭，這首詩是這樣的：

哦！船長，我的船長，我們險惡的航程已經告終，
我們的船安然渡過驚滔駭浪，我們追求的勝利果實緊握在手中，
港口已近，陣陣遠鐘，

萬人振奮，歡聲雷動，
凝視著穩定歸航的船，冷酷又神勇。
可是，心啊！心啊！心啊！
鮮血一片殷紅，
躺在甲板上的船長
已經倒下，死亡、冰凍！

哦！船長，我的船長，起來吧，請聆聽那遠鐘，
起來吧，為你旌旗招展，為你號角聲震長空，
為你獻上鮮花彩帶，為你岸邊群眾蜂擁，
為你他們高呼，為你他們興奮動容。
在這裡，船長，我們親愛的父親，
您的頭枕在我的手臂上，
躺在甲板上的卻只是一個夢，
您已經倒下，死亡、冰凍！

哦！船長，我的船長不再回應，他的雙唇慘白，寂然不動，
我的父親再也感覺不到我的手臂，沒有知覺也沒有脈衝，
我們的船已經安穩地停泊定錨，我們的航程已經告終，
走過險惡的旅程，勝利之船，破浪乘風，
歡呼吧！海岸，轟唱吧！洪鐘。
但是我踏著悲傷的腳步，
走過船長躺在那裡的甲板，
他已經倒下，死亡、冰凍！

O Captain! My Captain! Our fearful trip is done;
The ship has weathered every rack, the prize we sought is won;
The port is near, the bells I hear, the people all exulting,
While follow eyes the steady keel, the vessel grim and daring;
But O heart! Heart! Heart!
O the bleeding drops of red,

Where on the deck my Captain lies,
Fallen cold and dead.

O Captain! My Captain! Rise up and hear the bells;
Rise up—for you the flag is flung—for you the bugle trills;
For you bouquets and ribbon'd wreaths—for you the shores a-crowding;
For you they call, the swaying mass, their eager faces turning;
Here captain! Dear father!
This arm beneath your head;
It is some dream that on the deck,
You've fallen cold and dead.

My Captain does not answer, his lips are pale and still;
My father does not feel my arm, he has no pulse nor will;
The ship is anchored safe and sound, its voyage closed and done;
From fearful trip, the victor ship, comes in with object won;

Exult, O shores, and ring, O bells!
But I, with mournful tread,
Walk the deck my Captain lies,
Fallen cold and dead.

奧登的〈葬禮哀歌〉

二十世紀美國詩人奧登（W. H. Auden）的一首詩〈葬禮哀歌〉（*Funeral Blues*），用輕鬆的語調，道出哀傷懷念之意：

把電話切斷，把時鐘停下，
拿一塊骨頭塞住正在亂吠那條狗的嘴巴，
鋼琴不要再彈、鼓不要再敲啦！
把靈柩抬出來，讓送殯的人們進來吧！

讓飛機在頭頂上低鳴、盤旋，
在天空上寫出簡訊：他死了！

交通警察的白手套要換成深黑色，
在鴿子白色的脖子纏上黑紗。

你是我的北，我的南，我的東和西，
我的工作週和我休息的星期天，
我的中午和我的深夜，我的話和我的歌，
我以為愛可以永存，我真是大錯特錯！

我不再需要晚空中的星星，乾脆把它們一一摘下，
把月亮包起來，太陽還留在那裡幹嘛？
倒掉海洋裡的水，掃盡森林中的樹，
因為沒有任何東西，會再對我有一丁點的好處了！

Stop all the clocks, cut off the telephone,
Prevent the dog from barking with a juicy bone,
Silence the pianos and with muffled drum,

Bring out the coffin, let the mourners come.

Let aeroplanes circle moaning overhead.
Scribbling on the sky the message 'He is Dead'.
Put crepe bows round the white necks of the public doves,
Let the traffic policemen wear black cotton gloves.

He was my North, my South, my East and West,
My working week and my Sunday rest,
My noon, my midnight, my talk, my song;
I thought that love would last forever: I was wrong.

The stars are not wanted now; put out every one,
Pack up the moon and dismantle the sun,
Pour away the ocean and sweep up the wood;
For nothing now can ever come to any good.

寂寂無名詩人的名句

一位寂寂無名的家庭主婦弗瑞（Mary Elizabeth Frye）在購物袋背後寫的名句：

不要站在我的墓邊哭泣，
我不在那裡，
我沒有停下來休息。
我是千縷清風，
我是雪地中閃爍的鑽石，
我是普照著大地的豔陽，
我是如絲的秋雨。
當你在破曉的寂靜中醒來時，
我是翱翔盤旋、
悄然無聲的飛鳥，
我是夜裡輕柔的星光，

不要站在我的墓邊流淚，
我不在那裡，我沒有逝去。

Do not stand at my grave and weep;
I am not there, I do not sleep
I am a thousand winds that blow.
I am the diamond glints on snow.
I am the sunlight on ripened grain.
I am the gentle autumn rain.
When you awaken in the morning's hush
I am the swift uplifting rush
Of quiet birds in circled flight.
I am the soft stars that shine at night.
Do not stand at my grave and cry;
I am not there. I did not die.

臺語版〈化作千風〉　日語版〈千風之歌〉　英文版〈*A Thousand Winds*〉

這首詩也譜成歌曲，不過，並非逐字逐句，在網路上可以找到海莉·薇思特拉（Hayley Westenra）唱的英文版〈*A Thousand Winds*〉，秋川雅史唱的日語版〈千風之歌〉，詹宏達唱的臺語版〈化作千風〉。

納蘭性德祭亡妻〈金縷曲〉

納蘭性德二十歲結婚，娶妻盧氏，小他兩歲。婚後兩人恩愛逾常，納蘭性德寫了好幾首描寫美滿婚姻生活的詞。可惜，婚後三年，盧氏難產逝世，納蘭性德悲慟不已，他寫的悼亡詞不下二、三十首，其中一首〈金縷曲〉，是在妻子逝世三年後寫的，題目就是「亡婦忌日有感」。

此恨何時已。
滴空階、寒更雨歇，葬花天氣。
三載悠悠魂夢杳，是夢久應醒矣。
料也覺、人間無味。
不及夜臺塵土隔，冷清清、一片埋愁地。
釵鈿約，竟拋棄。

重泉若有雙魚寄，
好知他、年來苦樂，與誰相倚。
我自中宵成轉側，忍聽湘弦重理。
待結個、他生知己。
還怕兩人俱薄命，再緣慳、剩月零風裡。
清淚盡，紙灰起。

用白話寫出來：

死別的怨恨，何時才能了結？
雨點滴在空階上，在寒夜更聲中停歇，
這正是埋葬落花的天氣。
三年來就像一個渺茫的夢，
但是如果真是個夢，早應醒過來了！
相信妳和我都會覺得，活在人間已經索然無味，倒不如置身在墳墓裡，讓黃土把自己和塵世隔離。
冷清清，一片掩埋愁苦的空地，
我倆定情的密約，也不得不拋棄。
黃泉底下，倘若能把書信遞寄，
也好讓我知道，這些年來的苦與樂，
有誰和妳相靠倚。
我夜夜輾轉反側，難以成眠，
哪能忍心想到再結連理？
但願來生結成知己，
只怕我們倆人都是薄命，
情緣依然欠缺，
零落的風中，殘破的月裡，
清淚流盡，紙灰飄起。

注釋

1. 莎士比亞於一六〇九年發表的十四行詩（sonnet）體裁詩集，共收錄一百五十四首詩。十四行詩是源自義大利民間的一種抒情短詩，顧名思義，十四行詩有十四句，分為上下兩段，上段為八行，下段為六行，而且每句的節奏都是五個抑揚格（Iambic pentameter）的組合，那就是輕重 輕重 輕重 輕重 輕重（da dum da dum da dum da dum da dum）。
2. 這讓我們想起范仲淹的「碧雲天，黃葉地，秋色連波，波上寒煙翠」，以及李叔同的「長亭外，古道邊，芳草碧連天」。
3. 這一句倒讓我們想起李清照的「只恐雙溪舴艋舟，載不動許多愁」。
4. 伯勞和燕子都是夏候鳥，每年七夕過後，北方天氣開始轉涼，食物短缺，牠們就會遷徙到南方避冬。古代住在華北平原一帶的人，只有在七夕之後的一個多月內，才會看到大量的伯勞和燕子同時飛來。所以他們以為伯勞和燕子就像織女與牛郎一樣，一整年難得見面一次，好不容易碰面，馬上又要各自南飛。「勞燕分飛」這句成語就從這裡演變而出。
5. 李叔同是清末民初多才多藝的大師，詩文詞曲、話劇、繪畫、書法、篆刻樣樣精通。

第六章

虛實真假的故事——人生就濃縮在短篇小說裡

安徒生童話《國王的新衣》

愛漂亮的國王

很久以前有一位國王，他最喜歡做的事情就是添置新衣服，他不管操練軍隊，也不喜歡看戲、打獵，但他每個鐘頭都要換一套新衣服。有一天，城裡來了兩個騙子，他們在國王面前自吹自擂，說自己是紡織專家，紡織出來的布料不但顏色鮮豔、花紋美麗，而且只有聰明和能幹的人，才能看得到這些布料；愚笨和無能的人，什麼也看不到。國王聽了，非常高興，要他們馬上替他紡織、縫製這樣的一件衣服，好讓他來判斷身邊的人，哪些是笨蛋、傻瓜和無能的人。

兩個騙子向國王要了許多金絲和銀線，架起兩臺紡織機，夜以繼日地工作。過了一陣子，國王想要知道新衣服的進度，但是他擔心萬一到了織布房，自己卻看不到紡織機上面的布料，豈不證明了他是個愚笨無能的國王嗎？於是他派了一位最可靠、最能幹的大臣先去察看，再向他回報。這位大臣到了織布房，看到這兩個騙子，在空的紡織機上忙個不停，卻看不到他們紡織的布料，正在納悶、著急的時候，這兩個騙子走過來，指手畫腳、口沫橫飛地描述這匹布料的顏色和花紋，還很有禮貌地徵求他的意見。這位大臣不敢承認他看不到這塊布料，不但讚不絕口，還答應馬上向國王回報，再供應他們更多織布的金絲銀線。又過了一陣子，國王派另外一位大臣去視察，也得到同樣的回報。這時關於國王美麗新衣的消息已經傳開來了，整個城市都講得沸沸揚揚。

終於，有一天國王親自帶著這兩位大臣和其他官員來到織布房，兩個騙子馬上裝得非常忙碌地工作，先前來過的兩位大臣，忙著為國王和其他官員描述這塊布料的顏色和花紋，雖然國王根本看不到他們描述的那塊布料，但他馬上反應過來：「我不能顯出我是愚笨、無能的……」也就大聲附和，稱讚這塊布料是多麼美麗，表示極度滿意。跟著國王前來的大臣，也異口同聲地讚美，他們更建議國王，用這塊布料做一套新的衣服，在下次出巡的時候穿出去，讓全國人民開開眼界。

出巡前一天，這兩個騙子整個晚上都沒有睡覺，忙著剪裁、縫紉國王的新衣。第二天，國王來了，他脫下舊的衣服，穿上彷彿蜘蛛網一般輕盈的新衣，站在鏡子面前，一看再看，連聲問：「這套衣服做得合身嗎？」旁邊的大臣們，不斷地讚美、奉承。國王出巡的路上，老百姓夾道觀看，歡聲雷動，每個人都說：國王的衣服、圍巾和披肩都非常美麗，因為沒有人願意承認自己是愚笨和無能。不過，人群裡突然有一個小孩子叫了出來：「國王根本沒有穿衣服呀！」這句話在人群裡開始傳開，最後老百姓一起叫：「國王根本沒有穿衣服呀！」國王聽到了，知道老百姓們是對的，但是他認為出巡的行列不能夠停下來，還是挺著腰，繼續往前走。

這就是大家都聽過的《國王的新衣》的故事。

互信的基礎

人和人之間的互信，是維持和諧美好的共同生活的必備條件，但是欺騙別人的騙子，有很多複雜的動機；而被欺騙的受害者，也有不同的原因和理由，做出反應。

《國王的新衣》這個故事裡，首先，當然國王是被兩個騙子騙了，無知、虛榮、貪婪往往是被騙子利用的心理。相信可以用金絲銀線，紡織成眼睛看不到的布料是無知；相信電話裡警察的指示，為了安全的緣故，把銀行裡的存款，轉到別的戶口；相信喝了可以治高血壓、糖尿病、癌症、肝硬化、胃潰瘍的清水；相信電子郵件裡說，只要提供個人的銀行和戶口資料，就可以和對方平分五千萬美元的現金，這些都是事後看起來非常無知的行為。想要擁有獨一無二、肉眼看不見、足以顯示國王尊榮的衣服，是虛榮；付一筆可觀的印刷費，名字就可以列在世界名人錄裡；你的兒子是天才兒童，必須付昂貴的學費，讓他進專門為天才兒童設立的幼兒園，都是虛榮心作祟，讓我們被騙了。至於貪婪，更是騙子最常利用的心理，點石可以成金、每個禮拜保證有百分之五十的回報、買彩票必中的明牌，都足以讓貪婪的「貪」字，變成貧窮的「貧」字。

國王先後派了兩個大臣去查核騙子們的工作進度，他們都回報國王說，看到了紡織出來的美麗布料，接下來所有的大臣和侍從們都這樣講，這就是典型自欺欺人的心理。為了保護自己的利益、掩飾自己的愚蠢，犯了錯誤、發現自己的缺點時，往往無法面對真相，承認自己的錯失，接受應該承擔的後果，卻一口咬定「我沒有錯！」來力挺、硬撐。當一個人看到別人的錯誤，沒有勇氣去指出別人的錯誤，只是用不知道、不清楚來矇混過去，自欺欺人，用謊言掩蓋謊言，結果是一個不可收拾的大騙局。

最後，當國王穿著他的新衣出巡，當老百姓歡聲雷動、拍手叫好的時候，第一個說出「國王根本沒有穿衣服」的，是一個天真未鑿的小孩子，他不懂得虛榮和貪婪，沒有自欺欺人的心態，還保有一顆赤子之心，眾人皆醉我獨醒，出淤泥而不染，的確是非常珍貴的特質。

另類版國王的新衣

我們可以把《國王的新衣》故事改寫一下。也許那個國王是很有心計的，當他派手下的大臣去查核兩個騙子的工作進度時，有些大臣回報，的確如同國王的預期，他們紡織出來的那塊布料，顏色鮮豔，花紋美麗，國王大大誇獎他們聰明能幹；有些大臣回報，他們根本看不到那兩個騙子紡織的那塊布料，國王就以他們愚笨無能為理由，把這些大臣都殺了。這正是中國歷史上「指鹿為馬」的故事。秦朝秦二世的時候，丞相趙高想造反，為了試驗一下朝中大臣有誰會對抗他，就把一隻鹿獻給秦二世，並說這是一匹馬，秦二世笑著說：「丞相錯了吧！把鹿說成馬了。」問旁邊的人，有人不說話，有的說是鹿，有的說是馬。事後，趙高就暗中把說實話的人殺掉了。

民主自由的社會裡，我們要尊重、更要鼓勵不同的意見和聲音的存在、表達、討論和協調，但是如果用不存在的衣服顏色，做為非理性討論的前提，讓它成為無法達到共識的絆腳石，受到傷害的不是別人，而是我們自己。我們看到有些國家的人民，穿著不同顏色的衣服，有白的、有黑的、有棕的、有黃的，但他們不讓衣服的顏色變成一個分隔的屏障；也要看到在我們中間，有人戴上藍色帽子、有人戴上綠色的帽子，我們不要讓帽子的顏色變成一個標籤。民主、和諧、包容的力量，帶領著我們一起往前走，我們不能再走回頭路！

莫泊桑的小說《項鍊》

莫泊桑（Guy de Maupassant）是十九世紀的法國文學家，他寫了三百多篇短篇小說，甚至被認為是近代短篇小說之父。

家居生活

《項鍊》（*The Necklace*）這篇小說的女主人翁是一位漂亮動人的女孩子，她出生在一個小公務員家庭，沒有嫁奩，不可能有什麼期待，也沒有機會認識有錢、有地位的男人。她嫁給一個在教育部工作的小科員，她穿著很樸素，沒有漂亮的衣服，更談不上晚禮服和珠寶，可是她很喜歡打扮，就像那是與生俱來的喜好，她要讓別人開心和傾倒，也想要讓別人妒嫉她、追求她。但家中簡陋的居處、陳舊的家具和破爛的窗簾讓她很不開心，幫忙打理家務的傭人也讓她看得不順眼，覺得很委屈。她夢想中的住處是有安靜的接待室、長長的會客大堂、精緻的小客廳、掛在牆上的織錦和絲綢、銅鑄的燈座、放滿了珍品的櫥櫃和穿著制服的僕人。當她對著先生坐下來吃飯時，鋪在桌上的是三天沒有換洗的桌布，放在桌上的是一大鍋湯，她先生打開鍋蓋，迫不及待地叫「好喝，好喝」。但是，她夢想的是銀製的餐具、名貴的瓷器、美味佳餚、瀰漫著輕聲淺笑的晚餐。

舞會邀約

有一天，她先生下班時，興高采烈地遞給她一個信封，裡面是教育部長夫婦邀請他們參加晚宴舞會的請帖，她先生特別強調，沒有幾個像他那麼低層的小科員能夠爭取得到這樣的一份請帖，但她冷淡地回答說不要去，她的先生有點訝異地追問原因時，她哭了起來，因為她沒有晚禮服可以穿去參加舞會，她先生問，多少錢可以買到一套簡單、以後還可以再穿的晚禮服呢？她算了一下說要四百法郎，她的先生臉色微微一變就答應了，因為他正好有四百法郎的私房錢，本來是存下來預備買一把槍和幾個朋友去打獵用的。

鑽石項鍊

接近舞會的前幾天，她顯得很不開心和焦慮，她的先生說：「晚禮服不是已經準備好了嗎？」但是，她說：「我什麼珠寶都沒有，看起來很寒酸，在有錢人面前顯得寒酸是最大的羞辱。」她先生突然想起她在中學時一位有錢的同學，建議她去拜訪這位好久沒有見面的同學，向她借一件珠寶佩戴。她到了同學家裡，她同學毫不猶疑地打開珠寶箱讓她選擇，當她看到放在黑緞盒子裡的鑽石項鍊時，她的心在跳、手在抖，她把項鍊戴上，看著鏡子裡自己美麗的身影看到出神。

她在舞會上出盡風頭，比別的女賓都漂亮、高雅，卻在歡樂裡帶點瘋狂，男士們都想邀她共舞，她沉醉在喜悅中，忘形於美麗帶來的勝利，一直跳舞到凌晨四點鐘，她的先生和其他幾位男士早已躺在小房間裡打瞌睡了。她先生替她圍上她常用的披肩，和其他貴婦穿著的皮草相較，是明顯的貧富對比；別人都乘著自己的車回家，她和先生走到河邊才好不容易攔到一輛破舊的計程車回家。

回到家裡，脫下披肩，她突然尖叫起來，她發現借來的項鍊弄丟了。她先生穿上衣服，沿著回路一步步地尋找，早上七點鐘，他兩手空空回到家裡。他們去報警、在報上懸賞、去找計程車行都一無所獲，一個禮拜後，什麼希望都消失了，她看起來就像老了五歲。她按照裝項鍊的黑緞盒子上面的地址找到那個珠寶商，可是他們沒有賣過這樣一條項鍊的紀錄，她一家家珠寶店去問，最後，在一家高貴的珠寶店裡找到一條幾乎完全一樣的項鍊，要價三萬六千法郎，她手上有父親留給她的一萬八千法郎，她的先生千方百計、東拼西湊，也管不了高利貸的利息，借來了另外的一萬八千法郎，把項鍊買下來。

她把項鍊還給朋友，她的朋友連盒子都沒有打開，只是冷冷地說：「妳該早點把項鍊送回來，說不定我也要用。」

把債還清

她把傭人辭退了，一手做所有粗重的家事，把家搬到比較便宜的地方，她先生晚上打零工賺外快。十幾年下來，他們債還清了，她的確看起來很衰老，就像一個典型的貧窮老婦人，粗壯、硬朗、刻苦，整天為家務操勞。可是，偶然當她的先生出門上班時，她會坐在窗前，想起很久以前那個快樂的晚上，在舞會上美麗動人的她，假如她沒有丟掉那串項鍊，她的生命會有什麼不同？誰知道？誰知道？

辛苦了一個禮拜後的某個禮拜天，她在香榭大道上漫步散心時，看到了借她項鍊的女同學，拖著一個小孩子，她依然美麗、依然年輕、依然迷人，她想既然借的債已經還清了，鼓起勇氣和她打招呼，要把過去的事說給她聽，女同學幾乎認不得她，「妳怎麼變得這麼老了！」「因為妳的緣故，我過了十年貧困的生活。」「為什麼？」「我把妳借給我的項鍊弄丟了，我另外買了一條還給妳，我們花了十年的時間才把債還清，我們過得很辛苦，但整個事情終於告一段落了，我很開心。」「妳說妳還給我的是另外買來的一條項鍊？」「是的，妳居然沒有發現，我的確找到一條和原來很像的項鍊啦！」她一邊說一邊笑，帶著一份驕傲和純真的歡欣，她的同學很激動地拉著她的手說：「可憐的妳，那條項鍊是一件贗品，頂多只不過值四百法郎而已！」

這就是莫泊桑寫的《項鍊》的故事。

後記

我相信大家都想問一個問題：她同學有沒有把真的鑽石項鍊還給她？小說裡沒有告訴我們，也許她同學確實把鑽石項鍊還給了她，她把項鍊賣掉，手上拿著三、四萬法郎，生活條件就大大改善了；也許她同學的確把鑽石項鍊還給了她，但她把項鍊收起來，留給五歲的女兒；也許她同學要把鑽石項鍊還給她，但她拒絕了，因為她已經習慣目前的生活，這條項鍊對她已經沒有意義了；也許她同學根本沒有提起要把鑽石項鍊還給她，只是淡淡地說再見吧！

看完《項鍊》的故事後，也許許多人的第一個反應是虛榮心害得女主人翁和丈夫受了十年的苦，不過我倒覺得不妨有些不同觀點，「虛榮」和「得體」的分界往往是模糊的，穿一件漂亮的晚禮服、戴一件首飾去參加正式的晚宴舞會是得體多於虛榮。她花了四百法郎買晚禮服，那只是她丈夫買一把槍去打獵的錢，買一把槍也可以算是豪華的消費呀！她向好同學借一串項鍊，同學樂於幫她一個忙呀！我反而覺得可以苛責的是她的好同學，是不是因為虛榮心作祟，而沒有對她講清楚那只是一條假鑽石項鍊呢？

我覺得不一定要把女主人翁看成一個因為無心錯誤而受盡折磨的女子，她是一個負責任、勇敢地堅強面對事實的女子，小說裡說「當她發現要借一大筆錢來買一條項鍊償還給同學時，她馬上體會到窮人所過的是如何貧困的生活，但她以突來的勇氣擔當一切，債一定要還，而且她會把債還清。」雖然莫泊桑在小說裡沒有告訴我們，但是，他們夫婦慢慢把債還清，漸入佳境的十年婚姻生活，何嘗不可能是溫馨美麗的十年呢？

莫泊桑的小說《假珠寶》

《假珠寶》（*The Jewelry*）是莫泊桑另外一篇短篇小說。

朗丁夫人

故事裡的男主人翁是一個有穩定工作的公務員朗丁先生（Mr. Lantin），他在上司家裡的晚會上，認得一位年輕貌美的女孩子，她滿臉的笑容反映出背後純潔可愛的心靈，她的爸爸剛去世不久，她和媽媽搬到巴黎來，目的就是希望她在巴黎找到一個好丈夫，雖然她們並不富有，但她們母女安靜、低調、誠實。朗丁先生向她求婚，也被接受了。

朗丁夫人很會管家，儘管朗丁先生收入有限，但他們過著舒服甚至可以說是豪華的生活，朗丁夫人照顧朗丁先生無微不至，結婚六年了，朗丁先生還覺得他比新婚蜜月時更愛朗丁太太。但是，有兩件朗丁先生不喜歡的事情：朗丁太太喜歡看戲，她的朋友常常替她買到戲院包廂的票，朗丁先生白天在辦公廳累了一天，還得陪她去看那些他覺得枯燥無味的表演，另外一件事情是，朗丁太太很喜歡收集假的珠寶。

過了一陣子，朗丁先生對陪夫人看戲的事，找到解套的辦法，他建議朗丁夫人找她的女性友人一起看戲，自己留在家裡休息，雖然起初朗丁夫人不願意，但後來還是接受了。

至於她喜歡戴假的鑽石耳環、假的珍珠項鍊、假的黃金手鐲，雖然朗丁先生對她說：「我們買不起真的珠寶，自然純真的美就足夠了。」但是朗丁夫人說：「這是我唯一的弱點。」有時候，他們兩個吃過晚飯，坐在火爐旁邊，朗丁夫人就一一欣賞她放在珠寶箱裡、朗丁先生叫它們垃圾的假珠寶，朗丁夫人會拿著這些珠寶說：「你看，這是不是和真的一樣！」朗丁夫人會深情地把玩這些珠寶，似乎這些珠寶的背後有一份不可言傳的歡欣。

贗耶真耶

不幸的事情發生了，有一天，朗丁夫人看戲回家，著了涼，轉成肺炎，八天之後就過世了。朗丁先生極度悲傷，不到一個月，他的頭髮全白了，心碎而流淚的他無法忘記朗丁夫人的聲音和笑容。同時，現實生活也成了問題，他發現收入不足以應付家用的開支，更加沒有辦法想像怎樣維持朗丁夫人在世的時候，家裡經常享用美酒佳餚的好日子。

朗丁先生陷入了貧窮的困境，他忽然想到一個主意，變賣一些夫人留下來的假珠寶來補貼生活費用，他找了一條拿在手上相當沉重的項鍊，估計大概可以賣六或七法郎。他走到一家小珠寶店，店主反覆小心地看了好久，說這條項鍊大概值一萬二千到一萬四千法郎，朗丁先生差點笑出來了，心想：「這個笨蛋，連假的珠寶都看不出來！」幾分鐘後，朗丁先生跑到巴黎最大的一家珠寶店，店主一眼就認出來，這是從他的店裡賣出的珠寶，按照他的紀錄，的確是一段時間以前送到他們家的地址，收件人正是朗丁夫人。店主說：「得先把項鍊留在這裡，讓我查證一下，明天你再回來，沒有別的問題的話，我願意用一萬八千法郎把項鍊買下來。」

朗丁先生走出珠寶店，他被弄得糊塗了，他的夫人哪裡來的錢買這麼貴重的珠寶呢？但是，他明白了，那一定是一份禮物，一個可怕的疑問浮現在他的腦海，那麼別的珠寶也都是真的、也都是禮物嗎？他晚上睡不著，整夜哭泣。第二天，他想要忘記，但不能忘記留在珠寶店的那條項鍊，他回到珠寶店，店主說：我已經查證清楚了，沒有問題，我現在就付你一萬八千法郎。朗丁先生的手發抖著，接下一大疊法郎鈔票放在口袋裡。

朗丁先生把其他的珠寶都賣掉了，共賣得十幾萬法郎。他包了一部車在城裡到處走，對別人大聲說：「我有二十萬法郎的身家！」他把工作辭掉了，向他的上司說：「我突然得到超過三十萬法郎的遺產！」他到最高貴的餐廳吃飯，告訴坐在旁邊看起來像貴族的一個人，他手裡有四十萬法郎的現款，他發現去戲院看戲也挺有趣的，並不是那麼枯燥。六個月後，朗丁先生再婚了，夫人是個品德很好的女孩子，但她的脾氣很壞，把朗丁先生煩死了。

知道vs.不知道

到底朗丁夫人的珠寶是哪裡來的呢？也許大家的猜想和朗丁先生的猜想都差不多。莫泊桑沒有告訴我們，朗丁先生有沒有想過，假如朗丁夫人沒有不幸過世，他還會繼續過著舒適甚至是豪華的生活，朗丁夫人會繼續疼愛照顧他，讓他在結了婚十年、二十年後，還比蜜月期更愛朗丁夫人；朗丁先生有沒有想過，假如朗丁夫人逝世後，他把夫人的珠寶當作垃圾丟掉。他會怎樣懷念朗丁夫人？到底朗丁先生知道得太多？還是知道得太少？

詹姆斯的《贗品》

亨利・詹姆斯（Henry James）是十九世紀一位有名的文學家，他的一篇短篇小說叫做《贗品》（*Paste*）。

亞瑟（Arthur）的父親生前是一位牧師，他在三個禮拜前過世，很不幸，他的繼母在幾天前也跟著走了。亞瑟正和表姐夏綠蒂（Charlotte）一起處理繼母留下來的遺物，亞瑟的表情似乎是悲哀而沒有多少痛苦，他對夏綠蒂說：「妳來看，我又找到了許多東西。」

夏綠蒂是個聰明伶俐的女孩，在有錢人的家裡當管家，她請了一個月的假回來幫忙，希望能找到一些遺物帶回去作紀念。夏綠蒂在一個老舊的匣子裡發現一大堆鑽石、紅寶石、藍寶石的首飾，還有閃閃發光的金屬和玻璃的裝飾品，當然，這不是從教堂裡來的東西，亞瑟的繼母也不可能擁有貴重的珠寶，她曾經在戲院裡當過小演員，但那說不上多采多姿，很可能還是挺折磨的一段生涯。

亞瑟說：「這倒是她生前從來沒有提起過的舊東西。」夏綠蒂不表示任何意見，淡淡地說：「看起倒是滿特別的。」亞瑟說：「這真夠難看，便宜的鍍金首飾，馬鈴薯一樣大的鑽石，這都是老一代的戲子們穿戴的粗陋首飾。」夏綠蒂說：「可是，現在也有女演員會戴真的鑽石呀！」亞瑟冷冷地說：「也許有些吧！」夏綠蒂說：「我是說那些不會演戲或根本沒有戲的小配角。」亞瑟說：「沒有戲的小配角戴的才是最大的鑽石呢！但是媽媽不是那種人。」夏綠蒂大膽地問下去：「你說她不是一個沒有戲的小配角嗎？」亞瑟避而不答：「總之，不是一個戴大鑽石的小配角就是了。」

接著，話鋒一轉：「妳看，這些垃圾真的不值幾個錢。不過，妳要不要留幾件下來作紀念？」夏綠蒂隨手拿起兩、三件來看，都是俗不可耐的贗品，她還說：「這總可以賣幾個錢吧！」亞瑟說：「值錢的話，她早就賣掉了，我父母從來沒有錢可以留下來。」他又補了一句：「假如妳在這裡找到什麼值錢的東西，歡迎妳把它留下來。」夏綠蒂看了一下，找到一個小包，裡面有一串珍珠項鍊，大顆的珍珠，拿在手上也相當沉重，她說：「這不一定是贗品吧！」亞瑟說：「這些珍珠晦暗無光，肯定是贗品，更何況，坦白來講，她哪裡來這麼一串真的珍珠項鍊呢？」夏綠蒂說：「也許是別人送的吧？」亞瑟看了她一眼，好像表示這不是一個得體的問題，接著說：「妳認為女演員會有很多圈外的來往嗎？那是不可能的。」

珍珠項鍊

第二天，當夏綠蒂要坐火車回工作的地方時，亞瑟還特別重複：「妳千萬不可以認為我的繼母是一個輕易和別人往來的人。」夏綠蒂說：「我明白，我先前講的話有點不小心。」她接著說：「那串珍珠項鍊看起來就是粗劣的贗品，環扣好像也不是純金的。」亞瑟說：「那肯定是贗品。」「假如那不是贗品，她又把它保存了那麼久，難道……」然後他就講不出來了。

夏綠蒂回到工作的地方，主人正好要在家裡舉辦一連五天的盛筵，請來一個幫有錢人辦宴會的專家紀太太。當紀太太意外地看到在夏綠蒂帶回來那一堆珠寶飾物裡的珍珠項鍊時，她大感興趣，「那是姑姑留給妳的嗎？」「不是，是她過世後，表弟和我在她的遺物裡找出來的，表弟就把它送了給我。」「表弟一直都對妳那麼好嗎？」「妳為什麼會這樣問？」「妳知道那串珍珠項鍊是真的嗎？妳的表弟知道那是真的嗎？」

當紀太太把那串項鍊戴上時得意極了，她告訴夏綠蒂，珍珠項鍊肯定是真的，只是多年被埋藏和遺忘，就像睡著了一樣，珍珠需要常常被穿戴和讚賞才會愈來愈有光澤。夏綠蒂說：「那我該怎麼辦？表弟把它和別的珠寶飾物送給我時，以為它是假的。」紀太太說：「難道妳想要還給他嗎？我可不懂，他自己是傻瓜。」夏綠蒂說：「是呀！我記得我還特別指出這串項鍊和別的珠寶看起來是很不同的。」紀太太說：「那就好了。」

夏綠蒂接著說：「那麼，這串項鍊是從哪裡來的呢？」紀太太說：「妳說可能是偷來的嗎？」「不可能，不過，姑姑以前是一個演員。」「她長得好看嗎？」「年輕時看起來還很不錯。」紀太太說：「原來如此。」夏綠蒂說：「那妳認為這是別人送的禮物嗎？可是，表弟很不喜歡這一個說法，表弟的生母很早就過世了，繼母很用心地照顧他，看著他長大。」

她的思路變得混亂了，既然項鍊是真的，她該把它還給表弟，但是，她要不要考慮若無其事地把項鍊和逝去的往事完全埋藏起來。紀太太說：「妳也可以把項鍊賣掉。」紀太太有意無意地下了一個伏筆。夏綠蒂不由得問：「那麼姑姑為什麼沒有把項鍊賣掉呢？是不是這代表一份記憶呢？」

真品

晚上的宴會上，紀太太向夏綠蒂借了那串項鍊，戴在她白白淨淨的脖子上，神采飛揚。五天的宴會結束了，雖然紀太太很想出點主意，插一手，把珍珠項鍊買下來，但是，夏綠蒂還是決定把項鍊還給表弟，她向紀太太說：「這串項鍊還得由表弟來處理。」

過了幾個月，夏綠蒂才有空去看她的表弟，她把項鍊帶給亞瑟，對他解釋這串項鍊是真的。亞瑟的臉色變得蒼白，冷冷地說：「我不相信！」還顯得有點憤怒地加了一句：「妳知道這是令人痛心的影射。」她說：「我是一個局外人，假如你不相信這串項鍊是真的，我也沒辦法。」他重複地說：「這是低等的贗品。」夏綠蒂問：「那麼我可以把它帶回去嗎？」亞瑟說：「我要徵詢別人的意見，我要去找一家高級珠寶店裡的人來看看。」她問：「如果他們說項鍊是真的呢？」他回應她：「那是不可能的！」

過了一段時間後，夏綠蒂在她主人的宴會結束時遇到紀太太，紀太太迫不及待地問夏綠蒂有沒有看到她脖子上的珍珠項鍊，夏綠蒂說：「這和亞瑟那一串項鍊很像呀！」紀太太說：「這就是亞瑟那一串，我費了好些力氣在一間高級珠寶店找到的，亞瑟把項鍊賣掉了。」夏綠蒂說：「把項鍊賣掉了？亞瑟還寫信罵了我一頓，說我的想法對他繼母很不敬，他已經把那串假的項鍊打得粉碎了。」

紀太太回去了，夏綠蒂倒記起，紀太太曾經問過亞瑟的地址，所以，到底紀太太有沒有去找過他呢？

後記

莫泊桑的短篇小說《項鍊》裡，描寫一位漂亮動人的女孩子，出身平凡，嫁給了一個小公務員，過著平淡的生活。為了參加教育部長的晚宴舞會，花了一大筆錢買了一件晚禮服，還向很富有的高中同學借了一條鑽石項鍊，不幸在舞會裡或回家的路上，她把項鍊搞丟了，她借錢買到一條相似的項鍊還給同學。為了還債，他們兩夫婦過了十年辛苦貧困的生活，當她再遇到高中同學時，她才知道，原來丟掉的項鍊是一件贗品。

莫泊桑的另一篇小說《假珠寶》裡，朗丁先生是個小公務員，收入微薄，但朗丁夫人很會管家，照顧朗丁先生無微不至，生活過得很舒適，朗丁夫人喜歡看戲，又喜歡收集耀目的假珠寶。朗丁夫人病逝後、朗丁先生愈來愈貧困時，他把夫人留下來的假珠寶拿去變賣，卻發現它們是貴重的真珠寶。

在《項鍊》裡，女主人翁以為是真的鑽石項鍊，原來是假的；在《假珠寶》裡，朗丁先生以為是假的珠寶，原來是真的；在亨利．詹姆士《贗品》裡，亞瑟和夏綠蒂以為是假的珍珠項鍊，卻原來是真的。

詹姆士和莫泊桑是同一個時期的小說家，詹姆士刻意把莫泊桑《項鍊》的故事倒過來寫。不過，在《贗品》裡的幾個人物，對那串珍珠項鍊是真是假的反應比較複雜，起初亞瑟和夏綠蒂都認為那串項鍊是假的，因為亞瑟的父親和繼母一直過著清貧單純的生活，可是當他們假設項鍊是真時，他們的反應是「那是不可能的」，因為他們不願意把這串項鍊聯想為一份貴重的禮物。當夏綠蒂知道這串項鍊是真的時，她毫不猶豫地要還給亞瑟；可是當亞瑟被告知這串項鍊是真的時，他一口咬定項鍊是假的，把夏綠蒂打發走，後來他告訴夏綠蒂他把項鍊打碎了，他還認為項鍊是假的嗎？還是出於憤怒，要躲避真相，而把項鍊打碎了呢？還是他真的像紀太太所講，把項鍊賣掉呢？至於紀太太呢？真的在珠寶店找到那串項鍊嗎？還是她偷偷跑到亞瑟家和他進行交易呢？

最後，夏綠蒂心安理得，因為不管是真是假，她把項鍊還給了亞瑟，她壓根兒沒有想過要把項鍊偷偷留下來處理掉。亞瑟應該是發了一筆小財吧！不知道他有沒有想過該分一半給夏綠蒂？至於紀太太呢？她用了一點心思，最終還是得到她喜歡的項鍊。

其實，《假珠寶》裡朗丁先生和亞瑟的心態有很多相似的地方，起初他不願意面對那些珠寶到底是真的、還是假的這個問題，可是當他知道了、接受了真相之後，他放得很開，好好享受他的財富，只是他後來再婚，過得並不快活。

這三篇小說裡，作者接受了一個前提，那就是珠寶的真假、財富的有無是絕對的、可以驗證的、可以一分為二的。也許在珠寶商的實驗室裡，真和假的鑽石、真和假的珍珠是可以毫無疑問地斷定的；也許在銀行的帳目裡，有錢和沒錢是可以毫無疑問地清算的。但是，一個大老闆送給女朋友晶亮無瑕、價值連城的鑽石、耳環和一個小科員勉強買得起不到一克拉的訂婚鑽戒，何嘗不都是真的鑽石？超過十億的存款，是不是真的比小科員每個月努力賺來的幾萬元的薪水要多得多？更何況，大人物講的話都是真理嗎？辯護律師的證詞都是真相嗎？阿諛奉承代表的都是真的尊敬嗎？甜言蜜語表達的都是真愛嗎？霧裡的花，看不清楚，卻是真的；水中的影，清晰明亮，卻是假的。真真假假，假假真真，有時是無法斷定的。

《紅樓夢》第五回裡，賈寶玉神遊太虛幻境時看到一副對聯「假作真時真亦假，無為有處有還無」，意思是：把假的看成真的，其實真的何嘗不也是假的；把沒有變成有，其實有也何嘗不是沒有。真和假、有和無，不見得是一定可以一分為二的觀念。

不過，這三篇小說裡，作者給我們很多啟示。珠寶是真是假，已經有一個定論，是不是一定要把真相找出來？知道真相是不是一定會快樂？不知道真相會不會是福氣？世界上有很多事情，知道是知識，不知道是無知；可以知道但是沒有知道，可能是幸福；知道了卻裝作不知道，可能是智慧；不必知道卻強行要知道，也許就是愚蠢了吧！

最後，我倒很喜歡這三篇小說裡主人翁的命運，《項鍊》裡的主人翁，無怨無尤地把債還清了；《假珠寶》裡的朗丁夫人，上戲院、收集珠寶，還好好地照顧朗丁先生；《贗品》裡的夏綠蒂，把項鍊交還給表弟，心安理得，也不用管亞瑟怎樣處理那條項鍊。其實，在一個假假真真的世界裡，能夠盡自己的心、盡自己的力，何嘗不就是最容易依隨，也最能夠讓自己快樂的原則呢？

海明威的《老人與海》

暢銷作家海明威

美國大文豪海明威（Ernest Hemingway）是二十世紀非常傑出的作家，他的名作包括《旭日東升》（*The Sun also Rises*，一九二六年）、《戰地春夢》（*A Farewell to Arms*，一九二九年）、《雪山盟》（*The Snows of Kilimanjaro*，一九三二年）、《戰地鐘聲》（*For Whom the

Bell Tolls，一九四〇年）。

《老人與海》（*The Old Man and the Sea*）是海明威在一九五二年寫的中篇小說，全文只有二萬六千五百三十一個字。當這篇小說在《生活雜誌》（*Life Magazine*）登出來時，首刷在八小時內銷售一空，創下《生活雜誌》週刊銷售五百五十萬冊的紀錄。海明威在一九五四年以《老人與海》為代表作獲得諾貝爾文學獎。

很不幸地，當時他的健康已經走下坡，獲得諾貝爾文學獎時，以健康為由沒有親自領獎，他在一九六四年用獵槍自殺去世。

最了不起的漁夫

《老人與海》描寫一個老漁夫在墨西哥的灣流中，每天獨自開一艘小船出海捕魚謀生。他已經一連八十四天，沒有捕到一條魚了。本來有個陪他出海捕魚的夥伴，那是一個小男孩，老漁夫教他怎樣捕魚，和他談棒球，小男孩也照顧他，替他送熱咖啡和隔日的舊報紙。但是一連四十天都沒有捕到一條魚後，小男孩的爸媽說老漁夫是個有霉運的人，要小男孩到別的漁船幫忙。這艘新的漁船果然在第一個禮拜就捕了三條魚，這個小男孩每天還是在岸邊，迎接老漁夫駕著空船，空手而回。老漁夫和小男孩之間有一份真摯的關注、無言的祝福，當他們談到大聯盟裡了不起的棒球好手時，小男孩總會話鋒一轉說：「但是您是最了不起的漁夫。」

第八十五天的一大早，老漁夫再出海捕魚，他在海上放下四個深度不同的魚餌，從二百多呎到七百多呎，他看到灣島，看到飛魚，看到漂流的海草，到了中午的時候，他的釣線被拉緊，感覺有一條大魚在水底繞了幾個圈子後，把在六百呎的魚餌吞下去了，他知道不能用蠻力把魚拉起來，也擔心魚會往深水裡鑽，可是這條大魚只是一直拖著老漁夫的小船往外灣走。當然老漁夫也順勢跟著去，等到太陽下山，已經四個鐘頭了，老漁夫還在等待這條大魚跳出水面，那才是他和大魚搏鬥的時刻，好讓他把魚拉近，用魚叉把牠刺死，但這條大魚還是拖著漁夫的小船走。

一直走到第二天早上，老漁夫只能耐心地讓大魚拖著走，他對大魚說：「魚，我會跟著你，直到我死為止。」「魚，我愛你，我尊敬你，但天黑以前，我會把你殺死。」他同情這一條已經上了鉤、強硬反應和行動有點怪異的大魚，也不斷地想起他的小男孩朋友，他反覆地說：「我真希望那孩子在這裡，跟我在一起，那孩子會在這裡幫我的忙，也看到這一場搏鬥。」當他的手抽筋時，他說：「我真希望那孩子在這裡幫我按摩。」他說：「我曾經對那孩子說過，我是一個奇怪、不尋常的老頭子，現在我要證明給他看。」他和停在船上的小海鳥說：「你多大了？這是你的第一次長程飛行嗎？」「在這裡好好休息一下，我在忙，沒有辦法照顧你。休息之後再起飛，再像鳥、像魚、像人一樣去尋找新的天地。」他對自己抽筋流血的左手說：「你覺得怎麼樣了？」「耐心一點，我會餵你吃點小魚、小蝦來充饑。」「哎呀，這樣不爭氣的一隻手，但還是有點小用的一隻手。」他對自己說：「老頭，你必須相信自己，不要害怕。」「我不能讓自己失敗，死在這條魚的手裡。」「我必須靠上帝的力量撐下去。」

老漁夫被大魚拖著走，又累又餓，到了第三天早上，大魚浮到水面了，在小船周圍繞圈子，老漁夫把釣索慢慢收回來，人累了，魚也累了，經過一個早上的搏鬥後，老漁夫高舉魚叉，插進魚的側身，大魚從水面高高地跳起，然後轟隆一聲，墜落水中。那是一條很大的馬林魚，比他的小船還要長兩呎，大概一千五百磅，老漁夫馬上算出一千五百磅的魚去了鱗骨後，剩下一千磅，每磅賣三毛錢，那是一筆可觀的數目。

老漁夫把大魚綁在小船旁，順著風回航，再三轉頭看他綁在船邊的那條大魚，他知道要保持頭腦清醒，他知道他不是在作夢。但是沒多久，鯊魚出現了，第一條鯊魚一大口咬掉一大塊馬林魚肉，老漁夫奮力用魚叉把這條鯊魚刺死，但也失去了他的魚叉。接著一波波的鯊魚襲擊老漁夫的馬林魚，他用小刀、用槳、用舵檣和這些鯊魚搏鬥，小刀斷了，槳斷了，舵檣也裂了，到了半途他知道已經沒有必要和最後一波的鯊魚搏鬥，因為那條馬林魚，只剩下一個頭和一副骨架了。

深夜裡，他回到港灣，回到自己的小屋，沉睡到清晨，小男孩朋友來把他叫醒，他對那小孩子說：「我被打敗了！」那孩子說：「那條魚沒有把你打敗！」老漁夫說：「但是到了最後，還是敗下來了。」小男孩說：「我還是回來和你一起捕魚吧！」老漁夫說：「但是我運氣不好。」小男孩說：「去他的，我會把好運氣帶給您。」故事講到這裡，就結束了。

後記

《老人與海》這篇小說，描寫一個沒有助手、只有簡陋工具的老漁夫，在八十四天沒有捕到一條魚的困境下，花了三天的時間和一條大魚搏鬥，這條大魚可以賣得不少錢，可以讓小男孩的爸媽不再說他只是個霉運的人，可以讓小男孩以他為傲，可以讓老漁夫覺得他還是有充分的體力、堅強的意志及足夠的經驗，繼續捕魚過生活。

相信大多數的人都沒有乘過小船，獨自駛向大海和大魚搏鬥過。但是我相信每一個人，都曾經在工作和生活的大海裡，和比你還強壯的大魚搏鬥過，當你又餓又累，雙手抽筋流血的時候，你曾經咬緊牙關支撐下去。老漁夫一直沒有想過會鬥不過大魚，你也一直沒想過會鬥不過面對的挑戰。但是老漁夫贏了和大魚的搏鬥，卻輸給了鯊魚群，他把贏來的十八呎、一千五百磅的大魚全輸光了。我相信許多人曾經歷不吃不睡得到的研究結果，最後發現是沒有用的，上市的商品被別人低價傾銷打敗了，辛苦經營的公司被併購了，多年的積蓄被好朋友騙走了。

這個故事結束時，老漁夫說：「到了最後，還是敗下來了。」但是，老漁夫說過：「一個人可以被毀滅，不可以被打敗（A man can be destroyed but not defeated.）。」可以被毀滅的是一條大魚、一個產品、一家公司、一筆財產，但是不可以被打敗的是我們奮鬥、努力的精神和意志。

也許另外一個說法是，我們可以接受失望，但我們不能夠接受失敗。失望是得不到預期的結果，不管是我們的預期太高，還是現實無情，失望是難免的，我們要學著用平靜的心情接受失望，但是要把失望轉成希望，不能把失望變成失敗，失去奮鬥進取的意志和精神。

整個故事裡，老漁夫沒有說過一句怨言、一句罵人的話。他和那個小男孩的對話充滿了友情和愛意，他會輕柔地和停在舷上的小鳥問候兩句，甚至面對搏鬥的大魚，他也會說：「魚，你來吧！」

小男孩爸媽說老漁夫的運氣不好，不讓小男孩再跟他出海，老漁夫沒有生氣，他抱著謙卑的心態，接受命運，他說：「也許我的運氣不好，那我就去為自己買一個好運吧！你用什麼來買呢？用八十四天的嘗試，我差點就買到這一份平靜的心態，這的確是經歷風霜之後，鍛鍊出來的。」

我曾經想過，為什麼海明威把這篇小說叫《老人與海》？雖然這明明是一個老漁夫和一條大馬林魚搏鬥的故事，是一個老漁夫和一群鯊魚搏鬥的故事，但海明威沒有選《老漁夫與馬林魚》（*The Old Fisherman and the Marlin*）或《老漁夫與鯊魚》（*The Old Fisherman and the Sharks*）做為書名，我的解釋是，這一切都發生在茫茫大海之上，大海主宰了老人、馬林魚、鯊魚群的命運，渺小的老人要面對的是命運，和命運掙扎，接受命運，在大海裡，馬林魚、鯊魚都是配角，我們何嘗不可以用這種觀點來看事業、看人生，一個意外、一個打擊、一個失望都是配角而已，我們要勇敢面對的是茫茫大海。

第七章

影射現實的寓言

史威夫特的《格列佛遊記》

來到小人國

《格列佛遊記》（*Gulliver's Travels*）是史威夫特（Jonathan Swift）在十八世紀初出版的小說，內容描寫格列佛在四個航海旅程裡遇到有趣的人和事。第一個旅程裡，他的船遇到大風暴雨，同船的夥伴，死的死，失蹤的失蹤，他一個人掙扎游泳到岸上，筋疲力盡地躺在地上睡著了，醒來時發現手、腳和頭髮都被很細的繩子綁住，固定在地面上。原來他到了一個叫做李利浦（Lilliput）的國家，李利浦是個小人國，那裡的居民身高平均只有六英寸，是普通人的十二分之一。

當他們在海邊發現這個像座山一樣高大的巨人時，國王首先下令把他綁起來，再打造一個平臺，將他搬到平臺上，由一千個小兵護送，用一千五百匹馬拖到國王面前。國王和大臣開了好幾次會議來決定怎樣處理他，他們擔心釋放後，他會到處亂跑，又擔心他吃得太多，會引起全國的饑荒，他們想讓他餓死或用毒氣把他殺死，可是又擔心屍體腐爛的臭味會引起全國的瘟疫。最後，他們決定和他簽署一個協議，不許離開李利浦，不許到處亂跑，要幫忙傳遞重要的信件和物品，他可以把信差和馬放在口袋裡，大步快跑，幫忙做粗重的建築工程，最重要的是，一旦和鄰近的敵國比利夫斯古（Blefuscu）發生戰爭，要幫忙摧毀敵人。

他們也為格列佛造了一幢房子，一張大床，這張大床用一百四十四（12×12）個床墊拼起來，他每天得到的食物是一千七百二十八（12×12×12）人的分量，此外，每天有兩個人來清除他的糞便，有一次皇宮失火，正巧他要上廁所小便，就順便把火滅掉了；當地的人可以在他手掌上跳舞，小孩子在他的頭髮裡捉迷藏，政府還收門票讓老百姓來看他。

身材的問題

成語「晏子使楚」的故事相信大家都聽過，人的高矮大小，往往是留給別人的第一個印象，成為有趣的話題，延伸為幻想的題材。

有兩個在商場競爭得很激烈的對手，一個長得很高，一個長得很矮，長得很高的說：「你遇到我的時候，總得抬起頭來。」長得很矮的說：「你遇到我的時候，頭總是抬不起來。」

在運動場上，高大壯碩總是一個優勢，美國NBA職業籃球聯盟裡最高的球員是二百三十一公分；有名的姚明，他的身高二百二十九公分；最矮的球員叫做波古斯（Muggsy Bogues），他身高只有一百六十公分，在NBA打了十四年，非常靈活，以助攻、抄截見長，而且，他一樣會灌籃。

在美國職業棒球大聯盟的紀錄裡，最矮的球員叫做葛戴爾（Eddie Gaedel），他是個侏儒，身高只有一百零九公分，體重不到三十公斤，派他上場打球，是一位以「點子」多而著名的經理人想出來的怪招。球賽進行中，葛戴爾被派上場代打，但經理人嚴令吩咐，絕對不許揮棒。在棒球比賽裡，投手投的球，必須在打擊手的肩膀以下，膝蓋以上才算好球，葛戴爾站在打擊區裝腔作勢，卻一動也不動，投手一連投了四個都是偏高的壞球，他就被保送上壘，又馬上被換下場由別人代跑了。

格列佛在一群身高只有六英寸的李利浦人裡，他的一舉一動都有震撼性的影響，當他剛抵達李利浦被綁在地上時，一個不知死活的小兵，拿了一根長棒子往他鼻孔探索，他被搔得很癢，打了一個噴嚏，把這個小兵和旁邊的人都嚇死了。

當美國的經濟出了毛病，全球的經濟馬上受到影響，美國股市掉了幾百點，就替全球的股市帶來股災；一個產油大國，供油策略小小的改變，會為全球帶來能源的恐慌；一個產業龍頭老大，像微軟、通用汽車，營業上的一個小動作，會引起整個產業的波動，所以，有一句大家常講的老話：「老大打了一個噴嚏，所有的小傢伙都感冒了。」

小人國的法律和政治

接下來講講李利浦的習慣和法律，他們寫字不是從左到右或由右至左，也不是從上到下或由下至上，而是從一個角斜斜地寫到另一個角；他們埋葬死人時，頭朝下，腳朝天，因為他們相信地球是平的，有一天，地球會翻轉過來，這些人就會復活，好好地站在那裡了。

在法律上，第一、誣告別人會被判死刑，被誣告的人會得到政府的賠償；第二、詐欺是比偷竊更嚴重的罪行，犯了詐欺罪，往往會被判死刑，因為小心和警覺可以防止偷竊，但誠實卻無法防禦詐欺；第三、獎罰並行，如果一個人在七十三（6×12+1）個月內沒有做過任何違法的事情，可以得到獎金，並且可以獲得守法公民的榮譽頭銜；第四、政府僱用公務員時，品格比能力更加重要，品格加上經驗和正確的目標就足以做好任何工作；第五、受到恩惠而不回報是嚴重的罪行，因為這呈現了心靈的腐敗。

從這裡，可以了解法律和道德都是規範我們生活行為的準則，它們是相輔相成、不可分離的。但是，在今天的社會，不但道德主動的、正面的激勵作用日漸式微，不但法律變成強制的、負面的防範手段，也往往因為對法律狹義的曲解，而變成特權階級的工具。有幾本書描述理想社會的規範，包括柏拉圖的《共和國》（*Republic*）、摩爾（Thomas More）的《烏托邦》（*Utopia*）、《禮記》的〈禮運大同篇〉，都值得我們好好地用心去讀。

再接下來，講講李利浦政治裡的內憂外患。李利浦國內有兩個政黨，穿的鞋子鞋跟比較高的是高跟鞋黨，鞋跟比較低的是低跟鞋黨，雖然高跟鞋黨的理念比較接近古老的憲法，但是，國王卻重用低跟鞋黨的人，這兩黨的人勢同水火，不一起吃飯，也不互相交談。也有些人穿的鞋子一隻高跟、另一隻低跟，就是所謂的騎牆派。的確，政黨鬥爭，自古已然，不過於今愈烈而已。

李利浦有一個敵國比利夫斯古，兩個國家相互為敵的主要原因，是多年以來在李利浦吃雞蛋，都是從打破雞蛋大的一頭吃起，但是，現今國王的祖父，因為吃雞蛋時不小心把手割傷了，他就下令全國人民，以後吃雞蛋都要從打破雞蛋小的那一頭吃起，不服從這個法令的人民，經過多年的抗爭後跑到鄰國比利夫斯古，還是保持吃雞蛋從打破雞蛋大的一頭吃起的傳統，這就是兩個國家相互仇視的主因。其實，追根究柢，按照古老經典的記載，吃雞蛋時，打破哪一頭方便，就從哪一頭吃起就可以了，哪一頭方便可以解釋為大的一頭，也可以解釋為小的一頭，本來就是一個共識，各自表述。

小人國的戰爭

李利浦和敵國比利夫斯古相隔一個海峽，為了吃雞蛋的爭議，打了多年的仗。消息傳來，比利夫斯古又集結了一個艦隊，準備進攻李利浦，格列佛偷偷到海邊，探視清楚敵情後，打造了五十條粗纜，五十個大鐵鉤，涉水走過分隔兩個國家的海峽。這個海峽的深度不到六尺，格列佛把比利夫斯古的五十艘大船的錨繩割斷，用大鐵鉤把這些船一一鉤住，連在粗纜繩上，一手抓住五十條粗纜繩，就把五十艘大船拖到李利浦來，雖然，比利夫斯古的海軍萬箭齊發，格列佛卻毫髮無傷。

李利浦的國王親自到海邊迎接格列佛，並授予他最高的榮譽頭銜，李利浦的國王野心勃勃，他要格列佛把比利夫斯古所有的船艦用同樣的方法，全部拖過來，把比利夫斯古收併為李利浦的一個省分，並且按照他的規定，大家吃雞蛋一律從打破雞蛋小的那一頭吃起。可是，格列佛不以為然，他認為李利浦不應該用武力征服別的國家，讓他的老百姓淪為奴隸，國王當然不能不接受，種下了國王不喜歡格列佛的禍根。過了幾個禮拜，比利夫斯古派出大使來簽署和平協議，並邀請格列佛到比利夫斯古訪問。

兩個月後，當格列佛準備去比利夫斯古訪問時，禍事來了，格列佛被控叛亂，他的罪名主要有兩部分，第一部分是當皇宮失火時，他以救火為名，在皇宮上頭撒尿，因此，說不定有一天，他會用尿把整個皇宮淹沒；第二部分是抗命，他不肯遵照國王的旨意，把比利夫斯古的船艦全部拖過來，因此，說不定有一天，他會把在這次戰爭拖回來的船，又一手拖回去，結論是格列佛心裡可能本來就是一個打破雞蛋從大的那一頭吃起的人。雖然，叛亂罪應該被處死刑，但由於國王的仁慈，改判把他的兩隻眼睛弄瞎，格列佛得到消息，趕快溜到比利夫斯古，又很幸運地找到一艘小船，結束了他的第一個旅程，回到老家去了。

來到巨人國

格列佛的第二個旅程到了一個叫做巴洛丁勒（Brobdingnag）的國家。巴洛丁勒是個巨人國，那裡的人身高六十英尺（約十八公尺），是普通人的十多倍，他們的樓梯，每一級的高度大約是六英尺（約兩公尺）高，和格列佛的身高一樣。格列佛躺在他們睡覺的大床上，用一條手帕做毯子，當他半夜醒來要上廁所時，發現床的高度有七、八公尺，女主人把他捉起來放在地上，否則真是要尿床了。他們的貓有三頭牛那麼大，有一次格列佛差點被兩隻老鼠吃掉，他拿著劍，和老鼠搏鬥，才把老鼠殺死。

格列佛先是被一位農夫發現，把他交給九歲的小女兒照顧，他們把他放在一個匣子裡，帶著他巡迴展覽，表演賺錢，最後農夫以很高的價錢把他賣給皇后，他的小女兒也留在皇宮裡，照顧格列佛。

格列佛戰戰兢兢地生活在巨人的世界裡，當他被農夫發現時，農夫差點一腳踹死他，農夫用兩隻手指就可以把他攔腰抱起來；吃飯時，一小口肉、一點麵包屑就可以讓他吃得飽；在皇宮裡，他被一個身高不到十公尺的侏儒欺負，丟在一杯牛奶裡，喝了幾大口的牛奶，差點淹死。

在格列佛的眼裡，巴洛丁勒人是超強、超大的龐然巨物。我們可以用同樣的眼光來看，今天世界上軍事、經濟力量強大的國家，何嘗不是為所欲為，擺布欺負弱小貧窮的國家，強國的一點點恩惠，小國就得拚命去奉承爭取。

不過，在皇宮裡，格列佛有其他有趣的經驗。照顧他的小姑娘，有時候會帶他到貴婦的更衣室，貴婦們毫無忌憚地在格列佛面前換衣服，格列佛說她們的皮膚可真粗糙，毛孔又大，皮膚的顏色又不均勻，一顆痣就像一座小山一樣。有一位貴婦胸前長了一個瘡，那看起來才真可怕。還有，格列佛發現她們身體散發出來的味道，實在令人噁心，這更讓格列佛回想起小人國李利浦，那裡的人皮膚是那麼細微，膚色是那麼柔和。其實，任何東西放在放大鏡底下，許多缺點都會清楚地顯現出來，所以，做為一個巨人國的巨人也好，做為一個國家社會裡有權力、有地位、負有重大責任的人也好，都應該隨時隨地準備接受嚴格的檢視和考驗，因為，他們的任何缺失，都會被看得很清楚。

身材大，實力也大？

一個人身材的大小，一個國家人口的多少，一個統治者權力的大小，都是一把兩面刃。最近二十年內的世界經濟舞臺上，有兩個國家扮演愈來愈重要的角色，那就是中國和印度，其中最重要的原因之一是這兩個國家龐大的人口。中國的人口近十四億，位居世界第一；印度的人口超過十三億，居世界第二。有人說：「站在經濟的觀點來看，做為一個乘數，十四億是一個很大的乘數；做為一個除數，十四億是一個很大的除數。」意思就是，如果平均每一個人能夠每天生產十雙鞋子，十四億人每天生產的鞋子就是十四億乘十，那就是一百四十億雙鞋子；但是，反過來講，假如有四千萬公斤的米要發放十四億人吃，四千萬被十四億除，平均三十五個人才分到一公斤的米。

格列佛觀察到巴洛丁勒巨人國的教育、政治等情形，他用諷刺的口吻說：「他們的教育很狹窄，只學習四個領域：道德、歷史、詩詞文學和數學。」當然，這絕對不是狹窄的教育，在今天，許多教育學家都認為這四個領域，可以說是教育裡最重要的四個支柱，英國哲學家培根（Francis Bacon）說過：「探討道德讓一個人變得嚴肅（Study of moral makes a man grave.）；重溫歷史增加一個人的智慧（Study of histories makes a man wise.）；誦讀詩詞讓一個人變得風趣（Study of poetry makes a man witty.）；鑽研數學讓一個人變得縝密精準（Study of mathematics makes a man precise.）。」在很多年前，遙遠的巴洛丁勒巨人國裡，他們已經知道，這是教育的大原則和大方向，教育不是耍耍嘴皮，喊喊口號，鑽鑽牛角尖。

巨人國的文字只有二十二個字母，他們有一個規定，任何法律條文不能超過二十二個字[1]，而且必須要用最簡單明顯的方式表達出來，因此，法律不可能有不同面向的解釋，只能有一個解釋，曲解法律條文是違法的。

他們圖書館的藏書很少，國王的圖書館算是最大的，只有一千本書，那麼格列佛怎麼去看書呢？他們為格列佛搭了一個鷹架，讓他爬上爬下，由左向右，一行一行、一頁一頁地看。他們的書一頁大小是五、六公尺，厚薄就像一張硬紙板一樣，書裡的敘述以清楚和順暢為主，詞藻並不華麗，避免不必要的、重複的字和詞。

巨人國也有規模不小的軍隊，一開始格列佛懷疑，為什麼一個和外界隔絕的國家還需要軍隊，但是，他觀察到即使在完全與外界隔絕的國家，國王要掌握統治大權，貴族們要爭奪權力和利益，老百姓要爭取自由，要在這三者之間維持平衡，也許軍隊代表的是一種約束的功能吧！

從火藥到原子彈

接下來，讓我講格列佛對國王的一個建議：遠在十三世紀中期，歐洲已經知道如何製造火藥（中國人在九世紀就已經發明火藥），格列佛為國王描述怎樣用火藥製成砲彈、怎樣製作大砲，他估計按照巨人國裡東西的大小比例，一臺大砲的長度應該是三十公尺左右，如果有二、三十臺大砲，任何一個地區的人，只要不服從命令，幾個鐘頭內都會被夷為平地。國王聽了大為震驚，他沒有辦法想像一個昆蟲那麼小的格列佛，居然會建議他去做這麼不人道的行為，國王說：發明火藥的人一定是邪惡的天才、人類的公敵，他寧願失掉半個王國，也不願意知道這個祕密，而且，吩咐格列佛以後不許再對別人提起火藥的祕密。

說到這裡，不能不講講二戰原子彈研究製造的過程。

物理學上，核子裂變（nuclear fission）是一個過程，當一個中子撞擊一個原子核，原子核分裂成兩個或多個比較輕的原子核時，如果新的原子核總共的質量少於原來的原子核質量，兩者間的差額，按照愛因斯坦 $E=MC^2$ 的公式，質量就會變成能量，而且是大量的能量被釋放出來。舉例來說，當鈾（U）的原子核被中子撞擊時，會分裂成鋇（Ba）和氪（Kr），在核子裂變的過程中，除了新的原子核之外，還會產生新的中子，這些中子再撞擊其他原子核，再引起這些原子核的裂變，這樣連續下去，就是所謂連鎖反應，這就是製造原子彈基本的物理觀念。

一九三〇年代，物理學家對核子裂變的過程，開始有了深入的了解，二戰爆發時，許多從歐洲跑到美國的物理學家，包括西拉德（Leo Szilard）、費米（Enrico Fermi）、貝特（Hans Bethe）、泰勒（Edward Teller）等，不但看到利用核子裂變製作強力爆炸武器的可能，也知道德國的物理學家正在朝這個方向發展。一九三九年八月，愛因斯坦寫了一封信給當時的美國總統羅斯福（Franklin Delano Roosevelt）（其實愛因斯坦沒有直接參與原子彈的研究發展工作，這封信主要是由西拉德執筆，愛因斯坦簽名），這封信裡，愛因斯坦指出發展原子彈的可能性，愛因斯坦前後寫了四封信給羅斯福總統，這就是美國研發原子彈的曼哈頓計畫（Manhattan Project）的開端。羅斯福總統於一九四五年四月逝世，把第一顆原子彈在一九四五年八月六日丟到廣島，第二顆原子彈八月九日丟在長崎，是杜魯門（Harry Truman）總統的決定，廣島與長崎的死亡人數分別超過十萬和七萬，而且還有很多很多人因為輻射影響，受盡殘疾之苦。

這的確是一場悲痛的經驗，杜魯門總統在一九四五年七月二十五日的日記寫道：「我們製造了世界歷史上最可怕的炸彈，這顆炸彈將會於八月十日以前，在對日本的戰爭中使用。我已經下了指示，這顆炸彈只限於軍事用途，而不是以婦孺為目標。」但是，許多人懷疑杜魯門到底了不了解原子彈全面毀滅的威力，是不可能選擇性地只消滅敵人軍事力量而已。一九四五年原子彈投擲以前，許多科學家已經提出反對使用原子彈的意見，傳說後來愛因斯坦很後悔當年寫信給羅斯福總統。

回過頭來看歷史，有些問題是值得我們思考的。為什麼美國一定要用強大的核子威力，強迫日本無條件投降，而不是透過外交途徑達成和平協議？為什麼不通知日本先行把人民撤退，用一個空城來展示原子彈威力？如果，當年美國沒有發展原子彈，會不會引起後來美國和俄國之間核子導彈等武器的軍備競賽？假如我們有十八世紀時代巴洛丁勒國王的智慧，就可以避免二十世紀的一場浩劫了。

格列佛在巴洛丁勒巨人國的旅程是怎樣結束的呢？有一天，照顧他的小姑娘把他放在匣子裡，帶著他到外面去玩，突然有一隻老鷹把匣子抓起來，丟到大海裡，格列佛被路過的一艘船救起來，回到英國。當他回到家時，不但覺得房子那麼小，連他的太太、小孩看起來都很小，原來是在巨人國住久了，眼光就改變了，這就是「曾經滄海難為水」的意思。

歐威爾的《一九八四》

英國小說家歐威爾（George Orwell），本名布萊爾（Eric Arthur Blair），他有兩本非常有名的著作，一本是在一九四五年出版的《動物農莊》（*Animal Farm*），以動物為主角的寓言，另外一本是在一九四九年出版的《一九八四》（*1984*），描寫一個叫做大洋國（Oceania）的虛擬國家裡人民的生活情形。這兩本書用譬喻、諷刺和虛擬的方式描述極權主義政府的架構和運作，以及在極權主義政府底下，小老百姓的生活情形。歐威爾的小說反映了他在二戰前後對德國希特勒（Adolf Hitler）的納粹主義政府、義大利墨索里尼（Benito Mussolini）的法西斯政府主義、西班牙佛朗哥（Francisco Franco）的獨裁主義政府，特別是蘇聯史達林（Joseph Stalin）的極權主義政府所作所為的觀察和體驗，透過這兩本小說，他對極權主義會帶來的痛苦和災難提出警告。

當然這是七十年以前寫的書，其中描述的是七十年以前的歷史背景，但是到了二十一世紀的今天，環顧全世界，我們依然可以看到許多歐威爾描寫的極權主義政府的例子。絕對的權力追求，即使開始於理念和抱負，往往無法逃避隨著權力而來的財富和英雄主義的誘惑，因此，為了獲得和鞏固絕對的權力，戰爭、鬥爭、迫害、控制監管和剝削勞役都成為常用的手段，而最後帶來的是貪腐、浪費、貧窮、動亂和滅亡。

古人說：「後之視今，亦猶今之視昔。」當我們談歐威爾的書時，我們不但看到七十年以前的歷史，也看到近七十年來一再重複發生的事件中的影子，更不能排除那是為未來的七十年所做的預告。而極權主義也不限於政治社會的整體全面控制，在軍事、經濟、資源、言論、學術上，極權主義存在的例子比比皆是，因此當我們談歐威爾的書時，應該宏觀地解釋書裡所描述的各個不同面向。

造神運動與箝制思想

《一九八四》裡的大洋國是個一黨專政的國家，黨的領導人就是國家的領導人，叫做「老大哥」（Big Brother），小說裡沒有說清楚到底老大哥是一個人還是虛構的形象。他有至高無上的權力，什麼事都可以管；他有至高無上的智慧，永遠都是對的；他更是無時不在、無處不在。大洋國裡最重要的一句口號就是「老大哥正在看著你」，沒有任何事情可以逃過老大哥的法眼，沒有任何事情可以跳出老大哥的掌心，這就是統治驅動群眾的手段裡所謂的「造神運動」（Apotheosis）。

古老的希臘、羅馬和中國都有把死去的統治者或英雄人物提升到神的地位的做法，例如三國時代的關羽，在中國很多地方被當作神來膜拜。從統治領導的觀點來看，造神運動是要把活著的領導人、統治者神格化，讓他們得到群眾的敬畏，甚至愛，因而達到全面領導、統治的目的。

正如《一九八四》所說，你不能懷恨老大哥，即使尊敬他還是不夠，你還必須愛他。像德國的希特勒、蘇聯的史達林、中國的毛澤東、北韓的金日成、古巴的卡斯楚，都是被神格化的威權領導者。今天在民主國家裡，政治領導人已不再輕易地被神格化，甚至有一個幽默的說法「神仙老虎狗」，那就是在民主國家裡，領導人到底被視為神仙？還是老虎？還是狗呢？

大洋國裡，「老大哥正在看著你」不只是一句口號而已，在任何地方都有雙向的電視螢幕和麥克風，可以隨時把公告、命令和宣傳的資料傳達給每個人，也可以同時監視每個人的一舉一動、一言一行。舉例來說，每天十一點鐘，電視會播出叫做「兩分鐘的仇恨」短片，反覆述說領頭背叛政府的反對分子的罪行，也播出要灌輸入人民腦袋的口號：「戰爭就是和平，自由就是奴役，無知就是力量。」除了控制言行舉止外，政府更要控制人民的思想，政府有思想警察的組織，思想警察的責任就是逮捕懲罰犯了「思想罪」的人，思想罪就是在腦子裡存有政府不允許有的思想。

《一九八四》裡有句話「死亡不是思想罪惡的後果，思想罪惡本身就是死亡」，換句話說「死亡不是思想罪惡的後果」，只是提出警告不要犯思想罪，因為後果會很嚴重，「思想罪惡本身就是死亡」，卻是嚴厲地說「不可以犯思想罪」，這正是說對思想的控制是從基本的大腦出發。政府也有告密的線民打小報告，告發別人的思想罪，還有少年偵探隊負起告發大人、特別是自己的父母家人犯的思想罪的責任。

到了二十一世紀的今天，「老大哥正在看著你」這句話已經成為大家常用而包羅更廣的一句話。首先從技術的觀點來說，歐威爾在七十年前，只預想到雙向的電視螢幕，今天我們除了錄影、錄音的工具外，還有手機、電腦、網路、人造衛星等收集、傳遞、儲存、搜索資料的技術和工具，我們的狗仔隊遠比大洋國裡的少年偵探隊來得有效率，有了這些技術，老大哥對人民的監管，的確是鉅細靡遺、瞭如指掌。

而且，這個老大哥除了政府之外，也包括銀行、電信公司、航空公司和提供網路服務的公司，例如Google、Yahoo等。一個人的收入，稅務局有詳細紀錄；一個人的健康狀況，衛生署經由健保卡有詳細的紀錄；一個人用信用卡在何時何地買了什麼東西，銀行一筆筆記下來，他的信用卡按月付款的紀錄，顯示了他的經濟周轉能力；電信公司有完整的通聯紀錄，和誰通話、講了多久都是現成的資料；一個人使用網路，瀏覽哪些網站，在網站上買什麼東西，網路服務公司都知道。

毫無疑問，掌握這些資料，就掌握了很大的權力和影響力。今天雖然我們沒有狹義的極權主義政府在監視控管我們，但政府的某個部門、某個企業、某個媒體集團都是看著我們的老大哥，都有成為極權老大哥的危險。

四個充滿諷刺意味的部門

大洋國的政府有四個部門：「和平部」（Ministry of Peace）、「豐裕部」（Ministry of Plenty）、「大愛部」（Ministry of Love）和「真理部」（Ministry of Truth），這些部門的責任和工作正和它們名字的含義相反。

和平部管的是軍事和戰爭，責任是維持永久的戰爭狀態，這正是上面講過那句口號「戰爭就是和平」的意思。和平部要對抗外力的入侵，更要應付虛擬的外力挑釁。一個極權主義的政府，除了要靠強大的軍事力量，鞏固在世界政治舞臺上的地位之外，同時，也要用虛擬外力挑釁來轉移人民的注意力，應對內部問題，當國家永遠處在戰爭狀態時，人民對許多內部問題只能接受、容忍和犧牲了。

豐裕部主管大洋國的計畫經濟，負責生產分配人民的生活必需品，甚至負責捏造美麗的數據和資料來掩蓋計畫經濟的失敗。豐裕部的任務除了管理人民生活之外，還有兩個更深的層次，第一、要把生產生活必需品的資源轉移到生產軍事武器上，犧牲人民的生活條件而增強武裝實力；第二、站在統治者的立場，貧窮的人民要比富足的人民容易統治，所以不要讓他們過得太好。

大愛部的責任是偵查逮捕犯了思想罪的人，用恐懼、憎恨、折磨和酷刑等手段來懲罰他們、改造他們的思想及腦，負責處理思想罪的思想警察就隸屬大愛部。大愛部的大樓沒有窗，堅牢的鐵門周圍都是鐵絲網，裡面的燈永遠開著，正如小說裡的描寫「那是一個沒有黑暗的地方」。上面講過大愛部的名稱和責任與工作正好相反，另一個解釋是大愛部要把對統治者老大哥的愛，灌輸到每一個犯了思想罪的腦子裡去。

真理部是小說裡的主角史密斯（Winston Smith）工作的地方，他只不過是真理部的小職員而已。真理部的大樓外面有三個大標語「戰爭就是和平」、「自由就是奴役」、「無知就是力量」。真理部負責歷史紀錄、媒體報導、娛樂活動和教育工作，他們有一句口號是「能夠控制過去就能夠控制未來，能夠控制現在就能控制過去」，所以真理部的任務之一就是篡改歷史。

當然，站在學術的觀點來說，「歷史不過是大家共同接受的一個描述而已」，但是當這句話被改成「歷史是大家都得共同接受的一個謊言」的時候，真理部就負起修改過去歷史的責任了。真理部還負責把老大哥塑造成英明睿智的形象，掩蓋政府的過失，譬如說老大哥在一場演講裡對世界政治情勢做了誤判，因此必須把原來的講詞改過來。

獨特的語言與思想

大洋國的語言是一種新的語言叫做「新語」（newspeak），新語裡有一個極端的觀點，那就是「不能夠說出來的觀念，就變成不可以想到的觀念，就變成不存在的觀念」。

站在學術的觀點來看，語言是表達思想的工具，豐富的語言才能夠把思想精準地表達出來，同時語言也影響思想的發展。大洋國語言是以控制思想為目的而設計的語言，它是世界上唯一字和詞的數目會逐漸遞減的語言，因此許多舊觀念會隨著表達這個觀念的字和詞消失而消失，許多新觀念因為沒有可以用來表達的字和詞而不能被引進，例如在語言裡沒有自由和反抗這兩個詞，那麼自由和反抗這兩個觀念就不再存在了。新語裡每個字義都清楚而不模糊，這反映了極權政府思想控制的手段。當一個語言逐漸萎縮時，許多固有的文化傳統和遺產就逐漸消失了。小說裡就提及，到了二〇五〇年，莎士比亞（William Shakespeare）、拜倫（Lord Byron）等的作品都會改用新語的版本，不但原來外在的聲韻和結構會改變，含義也會改變，甚至變成和原文相反。

我們生活的世界裡，語言是活的，是不斷隨著時間而改變的，但我們希望語言要朝著變得更豐富、更活潑的方向，火星文、外來語和方言都有增強、加分的作用，但不能夠以古老困難的藉口而讓我們的語言文字萎縮。

大洋國裡有一個重要的思考方式叫做「矛盾思想」或「雙重思想」（double think），那是一個思想控制的做法，矛盾思想是同時接受兩個相反的理念。首先，矛盾思想並不等於虛偽，虛偽是心裡只接受一個理念，口頭上可以接受一個相反的理念。在矛盾思想的控制之下，當敵人說黑就是白，一千人會說那是錯誤的，當領導人說黑就是白，他會服從領導的指示；知道接受一個事情的真相，都會同時編出一個與事實完全相反的謊言；知道貪汙是罪行，也認為貪汙是一個必要的手段，都是矛盾思想的例子。

最後，在一個極權主義的社會裡，獨立不同的人性是沒有存在空間的，人和人之間的關係是單方面，甚至是單功能的。在小說裡，男主角史密斯和女朋友茱莉（Julie）的交往，以及他與上司奧布萊恩（O'Brien）的互動，都呈現了這些層面，因為最終還是老大哥在做全面的監察控制。

後之視今，亦猶今之視昔，細讀七十年以前的老書，還是有恍然在眼前的感受。

注釋

1. 這倒讓我們想起今天在推特（Twitter）的推文有一百四十個字的限制。

第八章

傾國傾城的江山美人

特洛伊戰爭——古希臘故事

三千多年前，一共打了十年的特洛伊戰爭（Trojan War），被稱為「木馬屠城記」的故事，在兩篇有名的希臘史詩裡，講得活靈活現，那就是荷馬（Homer）的《伊利亞德》（*The Iliad*）和維吉爾（Virgil）的《艾尼亞斯紀》（*The Aeneid*）。這個故事是神話和歷史的交織，神話裡有很多不可信的地方，歷史的考證，隔了那麼久，也很難確認。

這場戰爭是西元前一千多年，在希臘半島上的城邦斯巴達（Sparta）和在愛琴海東岸的城邦特洛伊（Troy）之間的戰爭。斯巴達人以驍勇善戰著名，特洛伊是當時最富庶強盛的城邦。特洛伊是希臘文的音譯，「Trojan」就是特洛伊的居民，或做為形容詞表示屬於特洛伊的人和物。

特洛伊的海倫

這個故事的女主角叫做海倫（Helen），她是斯巴達的絕色美人，她的媽媽是斯巴達的皇后勒達（Leda）。天神宙斯（Zeus）化身為一隻天鵝，引誘皇后勒達，生下了海倫。神話裡說得更神奇、古怪，皇后勒達生下四胞胎，海倫是四胞胎之中的一個，這四胞胎是從皇后生下來的兩個蛋裡蹦出來的。海倫長大後，她的美麗名聞遐邇，希臘許多城邦的王子、武士都來追求她，後來國王（也就是海倫名義上的爸爸）為海倫選了青年貴族墨涅拉俄斯（Menelaus），並且把墨涅拉俄斯立為斯巴達國王。

希臘神話裡，奧林帕斯（Olympus）是眾神居住的地方，在一個盛大的喜宴裡，所有的神都被邀請，獨獨以搗亂、製造麻煩出名的女神厄莉絲（Eris）被排除在外，可是這位女神還是不請自來，而且在宴會桌上丟出一顆金蘋果，上面寫著「給最美麗的女神」。麻煩跟著來了，每一位女神都想得到這顆金蘋果，經過一番辯論爭執後，剩下三位女神，準備爭取獲得金蘋果。三位女神分別是：天神宙斯的太太、主管婚姻的天后希拉（Hera），主管正義與智慧的女戰神雅典娜（Athena），以及主管愛情與美麗的愛神阿芙蘿黛蒂（Aphrodite），大家說：「那就由天神宙斯來決定吧！」可是，宙斯聰明得很，才不要蹚這渾水，他說：「就請特洛伊城以英俊出名的王子帕里斯（Paris）來做決定吧！」

帕里斯的爸爸國王普里阿摩斯（Priam）為了避免災難，把他送到山上牧羊，他在山上和一位年輕的少女生活在一起。這三位女神來到帕里斯面前，都提出交換條件：天后提出的是讓他統治歐洲和亞洲，女戰神提出的是征服希臘人，愛神提出讓他得到世界上最美麗的女人。帕里斯選擇了要世界上最美麗的女人，主管愛情和美麗的愛神就把他帶到斯巴達，去看國王墨涅拉俄斯和皇后海倫，因為海倫正是世界上最美麗的女人。墨涅拉俄斯和海倫對帕里斯很客氣、熱情，好好地接待他，沒想到當墨涅拉俄斯外出參加祖父的葬禮時，帕里斯竟把海倫連同僕人、金銀珠寶拐走，回到特洛伊。至於，帕里斯是不是得到愛神的幫助，把海倫迷住了，還是用暴力把海倫架走，歷史上的記載並不清楚。

墨涅拉俄斯回到斯巴達，發現帕里斯把海倫拐走了，當然非常震怒，召集希臘所有國王、武士攻打特洛伊。其實，希臘對特洛伊仇視多年，早想找機會把強大繁榮的特洛伊消滅，他們組成了一千艘船的大隊[1]，浩浩蕩蕩啟航，穿過愛琴海向特洛伊出發。

大軍遠征

希臘的大軍由墨涅拉俄斯的哥哥擔任總司令，他手底下有兩員大將奧德修斯（Odysseus）和阿基里斯（Achilles），前者足智多謀，後者驍勇善戰。特洛伊這邊由國王普里阿摩斯和皇后赫庫芭（Hecuba）領軍，手底下最驍勇一員大將就是大兒子赫克托爾（Hector）。

這場仗打了九年，各有勝負，從地上打到天上，天上的神明都選邊站。原來三位女神的立場更是明顯不過了，主管愛情和美麗的愛神，因為和帕里斯的關係，自然站在特洛伊這一邊；另外兩位女神天后和女戰神，因為忿忿不平，自然選擇站在希臘人那一邊。主管光明的阿波羅

（Apollo）支持特洛伊，海神卻支持希臘，至於天神宙斯呢？他是偏袒特洛伊的，但是，他又怕老婆，所以表面上採取中立態度。

這場大戰裡，有幾個重要的轉捩點：

墨帕之戰

在一場戰役中，墨涅拉俄斯國王和王子帕里斯面對面決鬥。帕里斯先攻，墨涅拉俄斯用盾牌擋住他的矛，接著把自己的矛丟出去，刺破了帕里斯的戰袍；不過，帕里斯並沒有受傷，墨涅拉俄斯拔出他的劍，卻被支持保護帕里斯的愛神把劍打斷了，墨涅拉俄斯空手撲過去，捉住帕里斯頭盔上的翎毛，正要把他拖回希臘的大本營時，愛神及時出來，把帕里斯頭盔上的皮帶弄斷，墨涅拉俄斯只捉到空的頭盔，帕里斯就脫了身，愛神把他送上雲端跑掉了。本來雙方軍隊談好，都接受若是墨涅拉俄斯打贏了，特洛伊人就得把海倫送回希臘。但是，痛恨帕里斯的天后和女戰神，不甘心就此罷休，她們想看到希臘人繼續進攻，把特洛伊城破壞毀滅；她們慫恿一個特洛伊人，用箭去射墨涅拉俄斯，雖然墨涅拉俄斯只受到輕傷，可是，雙方有了誤解又打起來了。

阿赫之爭

另外一個重要的插曲，就是希臘的阿基里斯和特洛伊的赫克托爾的生死之戰。

起初，阿基里斯因為和希臘總司令有私人恩怨，不肯上陣作戰，赫克托爾卻愈戰愈勇，加上天神宙斯從天上跑下來幫他一把，希臘人看樣子要被特洛伊人打敗了，總司令很想開船回希臘，希臘軍隊的內部再三請求阿基里斯上陣，但他堅決不肯。這時天后又出手幫希臘人一個忙，她用盡甜言蜜語迷住了天神，讓他分了心，沒有出手幫忙特洛伊人。可是，當希臘人正要轉敗為勝時，天神又醒悟過來，把天后趕回天上，還是再出手幫赫克托爾。

當希臘人節節敗退時，阿基里斯又不肯上陣，他的一個好朋友無法忍受，借了阿基里斯最美麗的盔甲，上陣和赫克托爾決鬥，赫克托爾不但把他殺死了，還把他的盔甲脫下來，自己換穿上。阿基里斯聽到好朋友的死訊後，才決心和赫克托爾決戰。阿基里斯的媽媽忒提斯（Thelis）也是一位女神，因為阿基里斯原來的盔甲被赫克托爾搶去了，媽媽就為他帶來新的盔甲。阿基里斯和赫克托爾對決時，赫克托爾上了女戰神的當，女戰神騙了赫克托爾，讓他手上只拿了一把劍、沒有長矛；更重要的，因為赫克托爾穿的是阿基里斯原來的盔甲，阿基里斯知道盔甲在咽喉處有一個開口，阿基里斯用長矛從這個開口刺進去，就把赫克托爾刺死了。阿基里斯和赫克托爾的恩怨還未了，阿基里斯還用馬拖著赫克托爾的屍體，繞著特洛伊的城牆跑。

雙雙喪命

當希臘人占得上風時，阿基里斯卻命喪沙場：阿基里斯出生時，媽媽把他的身體浸在冥河（River Styx）裡，這條河的河水有特殊功能，被浸過的身體，刀槍不入，可是媽媽捉住他的腳跟，把他的身體浸在河裡，腳跟沒有浸到河水，因此，他的腳跟那一小塊沒有抵擋刀槍的功能，當帕里斯發箭射向阿基里斯的腳跟，他就中箭死了[2]。

至於帕里斯的下場呢？阿基里斯死後，希臘人覺得勝利遙不可及，就找到一位神箭手上陣打仗，他射出的第一箭，射中了帕里斯，帕里斯受傷後，吩咐手下把他送到當年牧羊的山上，去找和他生活在一起的那位少女，因為她有可以治療箭傷的妙藥，但是少女認為帕里斯無情無義，不肯寬恕他，親眼看著帕里斯死了後，也自盡了。

木馬屠城

前面講過，希臘的另一位大將是奧德修斯。特洛伊有一道非常堅固的護城牆，十年來，戰爭都在城牆外面打，足智多謀的奧德修斯知道，除非他們能夠攻進城，否則贏不了這場仗，於是他想出了一個計謀。

有一天早上，特洛伊城牆上守衛的衛兵，看到兩件不可思議的事：第一、所有希臘的船都不見了，希臘軍營裡也靜悄悄沒有人聲，很明顯他們在夜裡全部撤退了；第二、一匹很大很大的木馬停放在城牆外面。特洛伊人高興極了，戰事終於結束了！他們從城裡蜂擁而出，特別要看看這匹龐然巨大的木馬。同時，特洛伊士兵發現一個希臘人躲在水草旁邊，沒有和其他希臘人一起撤退，他們把他帶到國王普里阿摩斯面前，這個人哭哭啼啼地說他不要再做希臘人了，因為希臘人得罪了主管正義和智慧的女戰神，要把他做為贖罪的犧牲祭品，幸好他在希臘人撤退前躲起來，沒有被捉到。他又解釋希臘人做這麼大一匹木馬的原因：這匹木馬比城門還高，搬不進城裡頭去，如果特洛伊人在城外把木馬拆毀，就會得罪女戰神，但是，反過來，如果特洛伊人把木馬帶進城裡，女戰神就會眷顧他們，不會好好對待希臘人。

特洛伊人裡有一位長老，對這匹木馬的整個說法，還是存有很大的疑慮，他說了一句後來我們常常模仿的話，他說：「即使希臘人帶著禮物過來，我對他們還是存有戒心（I fear the Greeks even when they bear gifts.）。」相信諸位還記得，海神是站在希臘人那一邊的。突然海裡冒出兩條大蛇，把這位長老緊緊勒住，氣絕身亡。

於是，特洛伊人把城牆拆掉，將木馬拖進城裡，狂歡慶祝。當然，大家都聽過這個故事的結局：這匹木馬是中空的，裡面藏了許多希臘士兵，半夜裡，他們從木馬裡爬出來，把城門打開，讓躲在海邊、事實上沒有開船回希臘的士兵進來，裡應外合，縱火、殺人，把特洛伊城毀了。國王普里阿摩斯被阿基里斯的兒子殺了，皇后和赫克托爾的妻子都被俘虜，主管愛情和美麗的愛神的一個兒子也是特洛伊人，愛神幫他把爸爸和兒子救了出來，跑到郊外去，也把海倫救出來，交還給斯巴達的國王墨涅拉俄斯，國王還是滿心歡喜地把海倫接回來，帶她上船，向希臘回航。

這就是木馬屠城故事的結局，至於希臘人在回航的路程上的遭遇，荷馬的史詩《奧德賽》（*The Odyssey*）裡有很詳細的描寫。希臘人打進特洛伊城後，縱火殺人，讓原來支持他們的女戰神和海神都很反感，所以，在回航的路上，受到很多懲罰。

傾國傾城——中國歷史上的故事

「傾國傾城」這個詞源自《漢書》「北方有佳人，絕世而獨立，一笑傾人城，再笑傾人國」之句。「傾」這個字，既可以做讚羨、傾倒在石榴裙下的解釋，也可以做為讓城邦國家傾覆頹圮的解釋。

烽火戲諸侯——褒姒

《漢書》這句話推想是用來描寫古代周幽王寵愛的妃子褒姒。按照《東周列國志》的記載，褒姒不愛笑，平時喜歡聽撕裂昂貴的綢帛的聲音，這是十分奢侈、浪費的舉動。為了逗褒姒笑，周幽王在烽火臺點燃烽火；烽火臺是古時軍事通訊的工具，當皇帝有難時，會在烽火臺上點起烽火，各地的諸侯看見烽火，就得趕快派出軍隊來救駕。當周幽王點起烽火，諸侯們風塵僕僕地趕過來時，褒姒看到諸侯那副狼狽的樣子，大笑不已。這樣玩弄了諸侯兩、三次，等到真有敵人入侵時，周幽王點起烽火，諸侯以為他還是為了取悅褒姒，都不來救駕了。周幽王被殺，褒姒被俘虜，西周變成了東周。這就是周幽王「烽火戲諸侯」的故事。

酷刑哀叫——妲己

商朝的妲己是個美若天仙、能歌善舞的蛇蝎美人，紂王為她在宮殿裡安排了酒池肉林，妲己喜歡聽犯人受酷刑時痛苦的叫聲，紂王因此發明了炮烙、錘擊、蛇蛟等酷刑；後來周武王出兵討伐，商紂王自焚而死，商朝滅亡了，妲己亦被以禍國妖人罪名處死。

衝冠一怒為紅顏——陳圓圓

陳圓圓是明末將軍吳三桂的愛妾，明朝末年，流寇李自成攻入北京，崇禎皇帝在煤山上吊自殺，李自成派人招降吳三桂，吳三桂本來決定投降，但是，聽到李自成拘禁了陳圓圓後，「衝冠一怒為紅顏」。吳三桂倒過來獻出山海關，引清兵入關向清稱臣，打敗李自成，奪回陳圓圓，清朝從此建立起來。後來吳三桂接受了清廷「平西王」的封號，卻被外放雲南。康熙即位後，計畫削除藩王的職位，吳三桂從雲南起兵反清，但是，為時已晚，最後病死長沙，陳圓圓在一座廟寺出家，後來投蓮花池自盡。

吳偉業〈圓圓曲〉說：「嘗聞傾國與傾城，翻使周郎受重名。妻子豈應關大計，英雄無奈是多情；全家白骨成灰土，一代紅妝照汗青。」全家白骨成灰土這一句指吳三桂的父親吳襄，以及其家人三十餘口被李自成所殺。

安史之亂——楊貴妃

唐玄宗是唐朝第六位皇帝，二十七歲登基，勵精圖治，任用姚崇和宋璟兩位賢能的宰相。姚崇通達識變、多謀善斷，宋璟剛正不阿，共同革除弊害，鼓勵生產，經濟發展得很好，歷史上稱為「開元之治」。然而，國家承平日久，君臣安享太平，政事漸漸流於荒逸。孟子說過：

「生於憂患，死於安樂」，這種例子在歷史上很多很多。

唐朝在玄宗之後開始走下坡。唐玄宗年紀大了，過著奢侈豪華的生活，只顧和楊貴妃玩樂。其實，楊貴妃是他兒子壽王的妃子，卻被他收為妃子。唐玄宗還寵幸了幾個奸臣——楊國忠、李林甫和高力士；楊國忠是楊貴妃的哥哥。唐玄宗讓他們把持國家大事，政治變得非常腐敗，加上為了防止邊境的外族入侵，邊境上設了十大兵鎮，由節度使統轄。節度使擁有行政、軍政、財政等大權，就是一個大軍閥，形成尾大不掉的現象，終於引起了前後八年的安史之亂。安史之亂的男主角是安祿山，他是個胡人，身兼平盧、范陽、河東三個大鎮的節度使，也是楊貴妃的義子，和楊貴妃有曖昧關係。有個說法是安祿山透過楊貴妃的關係，取得唐玄宗的信任；另一個說法是，唐玄宗年紀大了，楊貴妃想安排在唐玄宗過世後，以安祿山為退路和歸宿。

經過多年的經營和準備，安祿山串同史思明以討伐楊國忠為名，自立為大燕皇帝。唐玄宗帶著楊貴妃、楊國忠，逃往四川的馬嵬坡，軍兵憤怒，發生兵變，要求處死楊貴妃和楊國忠。唐玄宗說楊國忠該殺，但楊貴妃沒有罪，想要赦免她，可是軍兵不接受，結果楊國忠被亂刀砍殺，楊貴妃被賜白綾一條，在佛堂的梨樹下自縊。馬嵬民眾攔阻玄宗，請他留下，玄宗不從。太子李亨留下，隨即往朔方節度使所在地靈武即位，就是唐肅宗。楊貴妃二十七歲時被唐玄宗冊封為貴妃，死時三十八歲，那時唐玄宗已經七十二歲了。

後來唐朝的大將郭子儀和李光弼借了回紇的兵，收復長安和洛陽。不到兩年，安祿山被他的兒子安慶緒殺死，史思明投降，可是又過了一年，史思明和安慶緒再起兵反叛，先是史思明殺了安慶緒，自己又被他的義子史朝義所殺，再混戰了四、五年，史朝義的部下投降，史朝義被殺，前後八年「安史之亂」才告結束。安史之亂是唐朝由盛轉衰的轉捩點，主要的因素是藩鎮割據、宦官亂政、外患侵擾，拖了一百多年，唐朝就滅亡了。

長恨歌

白居易寫下的長詩〈長恨歌〉，將唐玄宗和楊貴妃的故事娓娓道來。

詩開頭第一句「漢皇重色思傾國」，漢皇明諾漢武帝，暗指唐玄宗，因為白居易是唐朝人，不方便直接講唐皇而改稱漢皇。這句話是說，唐玄宗很喜歡漂亮、傾國傾城的美女。

接下來，「楊家有女初長成，養在深閨人未識。天生麗質難自棄，一朝選在君王側。」美化了唐玄宗把兒子的妃子收為己有的故事。

「春寒賜浴華清池」指的正是貴妃出浴。華清池是西安的知名景點，三十幾年前，我第一次去西安時看過，接待的人還安排我在那裡洗了個溫泉澡。那時，華清池相當破舊，現在已經修復得很好了。

至於描寫唐玄宗怎樣寵幸楊貴妃，有「六宮粉黛無顏色」，也有「後宮佳麗三千人，三千寵愛在一身」這幾句。「春宵苦短日高起，從此君王不早朝。」唐玄宗開始不關心國家政務了。「姊妹弟兄皆列土，可憐光彩生門戶。遂令天下父母心，不重生男重生女。」楊貴妃得寵後，不但她的哥哥楊國忠掌握大權，三個姊姊都被封為夫人，楊氏家族飛揚跋扈、胡作妄為，種下了日後的禍根。

唐玄宗和楊貴妃過著奢侈的生活，不過，樂極生悲，安祿山作亂，唐玄宗帶著楊貴妃離開長安往四川逃，「西出都門百餘里，六軍不發無奈何，宛轉蛾眉馬前死」，「六軍不發」就是馬嵬坡上的兵變，楊貴妃自縊身亡。「君王掩面救不得，回看血淚相和流」，即使貴為皇帝，唐玄宗也救不了楊貴妃的命。

唐玄宗到了四川，心情十分悲痛，「行宮見月傷心色，夜雨聞鈴腸斷聲」，月色讓人傷心，鈴聲使人斷腸。戰亂之後，唐玄宗從四川回長安，路過馬嵬坡的時候，特別走去看看，「馬嵬坡下泥土中，不見玉顏空死處」。馬嵬坡看不到楊貴妃的玉顏，只看到她死去的所在，這句成為後人傳說「楊貴妃沒有死」的依據。

唐玄宗回到長安，有「歸來池苑皆依舊，太液芙蓉未央柳。芙蓉如面柳如眉，對此如何不淚垂」的感覺，太液池邊的芙蓉，未央室裡的楊柳都讓唐玄宗想起楊貴妃，為她流淚；在宮裡的日子「落葉滿階紅不掃」、「孤燈挑盡未成眠」，落葉和孤燈襯托出唐玄宗的心情。

唐玄宗的手下為了讓他開心，找到一位號稱有能力找到楊貴妃在什麼地方的道士，代替唐玄宗去探望她。先是「上窮碧落下黃泉，兩處茫茫皆不見」，就是上天下地都找不到楊貴妃，「忽聞海上有仙山，山在虛無飄渺間」，就和楊貴妃被送到日本的傳說可以連貫起來了，這仙山裡「中有一人字太真」，太真就是楊貴妃。楊貴妃原來是唐玄宗兒子的妃子，唐玄宗為了收她為妃子，先安排讓她出家為道姑，名字改為太真，幾年後才讓她還俗，封冊為貴妃。當這位道士找到楊貴妃時，她正在睡午覺，匆匆忙忙很興奮地出來接見這位道士，「雲髻半偏新睡覺，花冠不整下堂來」，頭髮和帽子都沒有整理好，「風吹仙袂飄飄舉，猶似霓裳羽衣舞」，風吹起她的衣服，和當年在宮裡跳霓裳羽衣舞一樣。這是詩裡第二次提到霓裳羽衣曲和霓裳羽衣舞，那是唐玄宗自己作的曲子，後來編成舞蹈，在宮廷裡表演。更有穿鑿附會的說法，說是唐明皇遊月宮時，從那裡聽來的曲子。

當楊貴妃聽到唐玄宗的消息時，她哭了，「梨花一枝春帶雨」、「含情凝睇謝君王，一別音容兩渺茫」。

〈長恨歌〉的結尾幾句是：「臨別殷勤重寄詞，詞中有誓兩心知。七月七日長生殿，夜半無人私語時。在天願作比翼鳥，在地願為連理枝[3]。天長地久有時盡，此恨綿綿無絕期。」

當道士回報唐玄宗時，有兩個證據證明自己的確見到了楊貴妃：第一，他說楊貴妃把別在頭上的黃金鴛鴦釵一分為二，一半讓道士帶回來給唐玄宗，「但教心似金鈿堅，天上人間會相見」，只要我們的心和黃金一樣堅純，在天上、在人間總會再見面。第二，楊貴妃說有一年的七夕，她和唐玄宗在長生殿上，講過沒有別人聽過的悄悄話，她把這個悄悄話告訴道士，再一次向唐玄宗表達她的心願，「七月七日長生殿，夜半無人獨語時。在天願作比翼鳥，在地願為連理枝」，這就是他們兩個人的盟誓。

傳說中的「比翼鳥」只有一隻翅膀和一隻眼睛，必須成雙才能夠飛行，這就是「比翼雙飛」的來源。「連理枝」這個詞源自戰國時代，宋國大臣韓憑和妻子的故事，他們受宋康王的逼害，死後被宋康王下令分葬兩個地方，後來兩個墳墓上長出了樹，樹幹、樹枝、樹根都纏合在一起，就是「連理枝」一詞的典故。

詩仙李白與貴妃

有「詩仙」之稱的李白為楊貴妃寫了三首詩〈清平調〉。李白能喝酒，更能寫詩，杜甫說過「李白一斗詩百篇」，就是說他喝了一斗酒就能寫一百篇詩了。杜甫的詩是這樣的：

李白斗酒詩百篇，長安市上酒家眠。
天子呼來不上船，自稱臣是酒中仙。

其實，天子找李白，李白還是會來的。有一次唐玄宗和楊貴妃在御花園沉香亭裡喝酒，唐玄宗想找李白來為他們作詩，沒想到李白已經喝得大醉，來到皇帝面前還大吐不止，唐玄宗用自己的手帕幫他擦乾淨，親手替他準備喝的飲料，讓高力士幫他脫靴子，請楊貴妃為他磨墨，所以有「龍巾拭吐，御手調羹，力士脫靴，貴妃捧硯」的說法。

李白接著寫了三首〈清平調〉：

雲想衣裳花想容，春風拂檻露華濃。
若非群玉山頭見，會向瑤臺月下逢。

用「雲」比喻貴妃的衣服，用「花」比喻貴妃的容貌，後面兩句裡，群玉山、瑤臺都是仙子居住的地方，用仙子比喻貴妃。

> 一枝紅豔露凝香，雲雨巫山枉斷腸。
> 借問漢宮誰得似？可憐飛燕倚新妝。

貴妃的美麗就像一枝凝香帶露的紅牡丹，用「朝來行雲、暮來行雨」的巫山神女和西漢漢成帝的第二任皇后，「體態輕盈，身輕如燕」的趙飛燕來相比托襯。

> 名花傾國兩相歡，長得君王帶笑看。
> 解釋春風無限恨，沉香亭北倚闌干。

名花和美人相與為歡，長使得君王帶笑而看。又重見「傾國」一詞。

注釋

1. 因此後來就有「The face that launched a thousand ships.」做為形容海倫的美貌的詩句。
2. 阿基里斯的腳跟（Achilles' heel）一詞現在被用作指：唯一的弱點、罩門的意思。
3. 翻譯大師許淵沖的英譯「On high, we'd be two lovebirds flying wing to wing; On earth, two trees with branches twined from spring to spring.」。

第九章

跳脫不開人性的希臘神話

神話與歷史

什麼是神話呢？神話不一定是小說（fiction），原則上小說是全部虛構的；神話不一定是神仙故事（fairy tale），因為神仙故事裡的神仙是全部虛構的，而且往往都是美麗、完美無缺；神話不一定是寓言（fable），因為寓言都有一個教訓隱喻其中。但是，神話和歷史有相當密切的關係，多半的神話都是描寫遠古時代發生的故事，從中可以看到很多當時生活文化的層面。神話和地理也有密切關係，不同的地區、不同的神話，有希臘神話、羅馬神話、埃及神話、北歐神話、美洲神話、印第安神話和中國神話。神話和自然科學也有相當密切的關係，因為許多神話是古人對觀察到的自然現象所做的解釋。神話和文學更有相當密切關係，在神話裡，不但蘊藏了豐富的想像力，且經由優美的文字表達出來，荷馬敘述希臘神話的史詩，就是很好的例子。

希臘神話裡的神都被塑造出年輕、俊美、健康、可愛的形象，正如荷馬所說，許多希臘神話中神的形象，就是正當青春的美少年。可是他們不是完美無缺、至高無上，而同時具有喜、怒、嫉妒、貪婪、失望和悲傷等人性。在比較早的神話裡，神和人的形象往往不一致，例如人面獅身的神（Sphinx）、有牛頭和鳥翅膀的神都是例子。希臘神話裡，神是人的化身和代表，所以希臘神話裡的神並沒有無窮的法力，希臘神話裡的故事，通常都合乎邏輯和常理，並沒有像阿拉丁神話裡，用手一摸就有精靈跳出來的故事。希臘神話裡，講天文學，但完全沒有談星象學。希臘神話可以被看成描寫人和人間的關係，描寫人在大自然環境裡，上有太陽、月亮，下有高山、河川，周圍有花草、樹木的生活情形。

當我們片段地、零碎地講希臘神話時，會講到很多不同的神，再加上他們彼此之間的父母兄弟姊妹關係，的確相當混亂，弄得讀者神魂顛倒、六神無主、魂不守舍，一不留神，故事就像神龍見首不見尾一樣，失去了頭緒，所以讓我先粗略地敘述他們的家族關係。

神的系譜

希臘神話裡的神，源自一個代表天，一個代表地的神，可以稱為天公和地母。天公和地母有許多兒子，叫做泰坦（Titans），也被稱為舊神（Elder Gods），最重要的幾個舊神是克洛諾斯（Cronus）、歐開諾斯（Oceanus）和海柏利昂（Hyperion）。舊神的下一代，也可以說是第三代，包括了希臘神話裡很多重要的角色，特別是住在奧林帕斯山（Mount Olympus）上的十二個地位最高的神，這十二位神中權力最大的是天帝宙斯，他掌管天空、雲和雨，還管打雷、閃電，至於其他的神，包括天后希拉、海神波賽頓（Poseidon）、愛情之神阿芙蘿黛蒂等。接下來還有第四代，不過的確是族繁不及一一記載，在神話裡，第三代和第四代籠統地稱為天神。

天公和地母生下第二代的兒女泰坦們。但天公對兒女不好，監禁、虐待他們，所以地母發動她的兒子們篡位，其中一個兒子克洛諾斯聽從媽媽的話，用媽媽做的一把鐮刀把天公閹割了，自己登上管治全世界的皇位。但是克洛諾斯從天公、地母那邊聽到，他篡了天公之位，有一天他的兒子也會篡位，所以，每次他的皇后生小孩時，克洛諾斯就把小孩活生生地吞到肚子裡，免得這些小孩長大了篡位；一連吞食了四個小孩後，皇后實在忍無可忍，當她生第五個小孩（海神）時，找一隻山羊來代替，讓克洛諾斯吞下去；當她生第六個小孩（天帝宙斯）時，她用一張毯子包著一塊石頭來代替，讓克洛諾斯吞下去。宙斯長大後，他用祖母、也就是地母做的毒藥，讓克洛諾斯把吞到肚子裡的東西吐出來，先是那塊石頭，然後是那頭羊，然後是他的一個哥哥、三個姐姐，後來宙斯的哥哥、姊姊們聯合把克洛諾斯、也就是他們的爸爸推翻，也把許多泰坦關起來，宙斯就成為統管全世界的天帝了。

太陽神

有一個叫做海柏利昂的泰坦，他的一個兒子海利歐斯（Helios）是太陽神，一個女兒賽勒涅（Selene）是月亮女神，另外一個女兒厄俄斯（Eos）是黎明女神。每天早上黎明女神厄俄斯會打開天上的大門，讓太陽神海利歐斯駕著四匹馬拖著的馬車，從東邊到西邊，橫過天空，太陽神走完後，月亮女神賽勒涅就會駕著她的銀色馬車，橫過天空。

太陽神的宮殿是一個光明燦爛的地方，一個年輕的凡人法厄同（Phaethon）來到宮殿，雖然眩目的亮光讓他不得不走走停停，終於走到太陽神的寶座前。太陽神問他：「你來這裡，有什麼目的嗎？」年輕人說：「我來是要證實，您是不是我的爸爸？我媽媽告訴我，您是我的爸爸，但是我的朋友都不相信，都嘲笑我，當我問媽媽的時候，媽媽說，你最好自己去把答案找出來。」太陽神微笑，把他耀目的皇冠拿下來，好讓年輕人可以正視他，太陽神說：「你媽媽講的是實話，你是我的兒子。為了消除你的懷疑，讓我對著冥河發誓，你要什麼，我就給你什麼。」

年輕人聽了這話，既興奮又害怕，因為每天早上，看到太陽升起時，他知道那是太陽神駕著馬車，橫過天空，帶給世界光明，當他聽到太陽神是他的爸爸，而且答應他任何一個請求時，他毫不猶豫地說：「我要代替您駕著您的馬車，在天空走一回。」太陽神馬上知道自己出錯了，但是在冥河面前發過的誓言是不能收回的。他對年輕人說：「我發過的誓不能收回，但我希望你能夠收回你的請求，沒有一個凡人，甚至除了我之外，沒有天神能駕著馬車走這一趟崎嶇路。早上的時候，從海面往上爬的路非常陡，這幾匹馬得出盡力氣，拖著馬車往上爬；中午的時候，從高高的天空看下來，會讓你心驚膽跳；下午走下坡時，是最可怕的，連在海裡的眾神都擔心我會頭下腳上地翻下來。還有，沿路上獅子、野牛、蠍子、巨蟹都等著傷害你。年輕人，聽我的話，看看這花花世界裡任何的東西，為了證明我是你的爸爸，我會讓你得到你要的東西。」

但是，年輕人怎麼肯放棄駕著馬車橫過天空的機會，而且太陽神沒有時間去說服他了，東方已經露出紫紅色，黎明女神已經用玫瑰般的手指打開了天門，星星離開了天空，連晨星也開始黯淡了，一切準備就緒，年輕人跳上馬車，讓馬帶著他，越過海面的低雲，向天空飛奔。剎那間，他的確覺得自己是天空的主宰，但馬車開始狂烈地振動，速度開始增加，他沒辦法控制車子了，這幾匹馬拖著馬車橫衝直撞，當馬車爬得太高時，地上變得冰冷；當馬車下降得太低時，地面被燒成沙漠，到處都著了火燒起來，從高山到平原、到谷底。奧林帕斯山上的神都大為震驚，天帝宙斯使出閃電的神力，把馬車打得粉碎，也把馬車裡的法厄同打死，他全身著火，從天上掉到厄里安諾斯河（Eridanus）。他的兩個妹妹到河邊悼念他，後來化身為河邊的兩棵樹，她們的眼淚成為河邊的琥珀。

這個故事的教訓是：不可以不自量力、做能力不及的事；還有爸爸溺愛兒子會帶來不可收拾的後果。

愛神

希臘神話裡，阿芙蘿黛蒂是主管愛情、美麗、欲望和繁衍的女神；羅馬神話裡，她的名字是維納斯（Venus），我們把阿芙蘿黛蒂和維納斯都稱為愛神，阿芙蘿黛蒂長得美麗動人，在天神和凡人裡都有很多情人。不過，她的丈夫卻是那位長得很醜且跛腳的火神赫菲斯托斯（Hephaestus），羅馬神話裡，他的名字是兀兒肯（Vulcan），他主管火、工藝、冶金、雕刻，許多天神的盔甲、馬車、弓箭都是由他鑄造，火神是個老好人，脾氣很好，手藝也很好。

為什麼愛神阿芙蘿黛蒂和火神赫菲斯托斯會結為夫婦呢？這中間有不同版本的故事，一個版本是愛神實在長得太美麗了，為了避免天神們為了她爭風吃醋，天帝宙斯就把她許配給火神。另外一個版本是火神的父親是天帝宙斯，母親是天后希拉，希拉看到他長得那麼醜，就把他從奧林帕斯山山頂丟下來，在空中翻滾了九天九夜，落到地面時把腳摔跛了。還有另外一個說法是有一次天帝宙斯因為嫉妒，動手打了天后希拉，做兒子的火神看不過去，想來解救媽媽，卻被天帝抓住從山頂丟下，把腳摔跛了。總之，火神和天帝爸爸、天后媽媽之間有個緊張的親子關係。

後來，火神用金子做了一個有魔力的寶座，天后希拉坐上去，再也站不起來，為了讓天后能夠脫身，天帝、天后就把愛神許配給火神，做為交換條件。火神為了討愛神的歡心，特別為她打造了許多美麗的珠寶，這樣一來，更增加了她誘人的魅力。

希臘神話裡，愛神浪漫、風流的故事倒是不少。其中流傳最廣的是她和戰神艾瑞斯（Ares）的故事。羅馬神話裡，戰神的名字是瑪爾斯（Mars）。經由太陽神的通風報信，火神知道愛神和戰神有曖昧來往，他就用很好的手藝打造了一個很細很細、幾乎看不見的金屬網，布置在床上，當戰神來到愛神的房間時，把他們兩個一起網住，在眾神面前把他們羞辱一番。

愛神有一個兒子叫厄洛斯（Eros），羅馬神話裡，他叫做邱比特（Cupid），代表愛情、美麗和情欲的神，有一雙翅膀（為了和他媽媽做區分，我們就叫他的媽媽為愛神，叫他為愛情之神）。他通常被描繪為一個光著身體、拿著弓和箭、頑皮可愛的小孩子，傳說被他的箭射中的人就會墮入愛河和情網之中，有些圖畫中，邱比特用一條手帕矇著雙眼，象徵愛情是盲目的。

邱比特和靈魂

靈魂公主

靈魂普賽克（Psyche）是一位美麗的公主。讓我先把她的名字做個交代，psyche 在希臘文是靈魂的意思，在英文做為名詞也是靈魂、精神心理狀態的意思；做為動詞 psych 是心理上的激發和鼓勵的意思，演變下來，在英文 psycho 是「與心理和精神狀態有關的」字首，psychology 是心理學，psychoanalysis 是心理分析，psychotherapy 是心理治療，psychiatry 是精神病學。

一位國王有三個美麗的女兒，最小的女兒靈魂比兩個姊姊還要漂亮。靈魂的美麗吸引了遠近許多青年人來看她，甚至認為靈魂比愛神維納斯還漂亮。這一來，維納斯的廟沒有人去朝拜了，她的祭壇只剩下冰冷的灰，維納斯當然不能忍受，她把兒子邱比特找來，對他說：「你要用你的神力，讓靈魂嫁給一個最醜陋、粗魯的丈夫。」大家記得，沒有人能夠抵擋邱比特的箭的力量。但是，沒想到，當邱比特看到靈魂時，就像中了自己的箭一樣，連話也說不出來。維納斯還以為大仇已報，結果呢？靈魂沒有愛上一個醜陋、粗魯的人，但是，她也沒有愛上任何一個人，很多人來看她，稱羨她的美麗，卻又離她而去了。

她兩個姊姊都嫁給了國王，過著榮華富貴的生活，美麗的靈魂卻只是孤單、默默地生活在愁困中。靈魂的父母親很擔心她找不到丈夫，爸爸特地去找一位先知尋求指點。其實，那時邱比特已經把整個事情向這位先知講過，請先知幫忙。先知說：「靈魂長得那麼漂亮，沒有幾個人可以和她匹配，你得把她留在一個山頂上，她命中注定的丈夫是一條有翅膀的大蟒蛇，會來把她帶走。」靈魂穿上黑色的喪服，她的家人把她送到山頂，讓她一個人留在那裡接受命中注定的厄運。當她顫抖哭泣時，一陣輕柔的風把她從亂石的山頂捲起，輕輕地放在一片花香草軟的草地上，她安詳地睡著了。醒來時，她看到一座漂亮的大房子，金子造的柱子，銀子造的牆，地上鋪滿了寶石，她慢慢地走進去，看不到任何人，但聽到一個聲音說：「這是您的房子，請進！不要害怕！我們是您的僕人，我們會聽從您的吩咐服侍您。」

靈魂洗澡休息後，豐富的晚餐已經準備好了，吃飯時聽到美妙的音樂，琴聲伴著歌聲，可是她看不到任何人。到了夜晚，正如她的期待，她的丈夫來陪伴她了，靈魂聽到丈夫溫柔的聲音，卻看不到他，不過，靈魂不再害怕，也不再想起她的丈夫是不是有一副醜陋凶惡的容貌。

愛情之神邱比特

有一個晚上，靈魂的丈夫對她說，妳的兩個姊姊會到山上找妳，妳千萬不要和她們見面，否則會害了我，也害了妳自己，靈魂答應了。但是，第二天，當她想起姊姊，傷心地哭起來，她的丈夫沒有辦法安慰她，只好說：「妳想看她們就看吧！不過，妳這樣做會為自己帶來毀滅。但是，妳千萬不要聽任何人的勸說，想要看到我的面目，否則，我們會永遠分離。」靈魂答應了他。

隔天，一陣輕柔的風把靈魂的兩個姊姊送到山上，她們都很開心，三姊妹又重聚了。她們來到靈魂住的華廈，嘗到豐富的佳餚，聽到美妙的音樂，靈魂還把金銀珠寶送給兩個姊姊，塞滿她們的手。靈魂只告訴她們，她的丈夫是一個年輕的獵人，正外出狩獵，之後靈魂就讓輕風把她們送回去。但是，她們的羨慕轉成嫉妒，想出了一些惡毒的計謀。

那天晚上，靈魂的丈夫對她說：「不要再讓兩個姊姊來了。」但是，靈魂說：「我既然看不到你，難道我不能看到姊姊嗎？」靈魂的丈夫只好讓步。靈魂的姊姊再次來訪，反覆盤問靈魂丈夫的樣子，當靈魂答不出來時，她們告訴靈魂：「按照先知的說法，妳的丈夫是一條大蟒蛇，雖然現在對妳很好，但遲早會把妳吃掉。」靈魂愈想愈害怕，愈相信她們的話，靈魂就問她們該怎麼辦?她們早就想好計謀說：「妳晚上準備一盞燈，一把利刃，當他睡著時，妳點上燈，看準後一刀刺進他的身體，我們會在旁邊，把妳安全地帶走。」靈魂不知道該怎麼辦，掙扎了一整天，最後決定晚上要點上燈，看看丈夫的樣子。當她丈夫睡著時，她點上燈，看到的不是一條大蟒蛇，而是一個英俊美男子，她跪下來，羞恥和慚愧讓她恨不得把準備好的刀子往自己的胸口刺下去，她的手在發抖，手裡的燈的燈油滴到她丈夫的肩膀上，她的丈夫受了傷，醒過來，一句話也不說就離開她了。

靈魂在黑夜裡追過去，看不到她的丈夫，只聽到他的聲音：「我是主管愛情的神，沒有互信，愛情是不能存在的，再見吧！」靈魂悲傷之餘，鼓起勇氣，下定決心要盡她的餘生去找他，即使他不再愛她，還是要讓他知道她多麼愛他。

愛神維納斯

靈魂的丈夫邱比特被燈油燙傷，回到媽媽維納斯身邊療傷，維納斯聽到這個故事更生氣了，她要去懲罰靈魂。

靈魂到處找天神們幫忙，可是他們都不想得罪維納斯，最後，靈魂覺得唯一的辦法是直接找維納斯，她願意做維納斯的僕人來平息她的憤怒，而且，她想也許在維納斯家裡會遇到邱比特。維納斯說：「妳要做我的僕人嗎？好！讓我來訓練妳。」她把一大把麥和穀混合，吩咐靈魂在天黑以前把麥和穀分開。當靈魂坐在那裡哭時，一大群螞蟻出來幫忙，一下子就把工作完成了。維納斯接著又給了靈魂幾個苦差事，靈魂都一一完成了。

最後，維納斯給靈魂一個最困難的差使，她給靈魂一個匣子，要靈魂到陰間找主管生死的女神，求一些她的美麗和魅力放在匣子裡帶回來。靈魂穿過地底的一個洞來到死亡之河，找到一個船夫送她到河的對岸，通過一隻有三個頭的守門狗，終於看到了主管生死的女神，她答應了靈魂的請求。靈魂想到馬上就會看到邱比特，就想打開匣子用一點點裡面的美麗和魅力，把自己的容貌變得更美，可是，當她打開匣子時，發現匣子是空的，靈魂突然變得軟弱無力，沉沉地睡著了。

這時，邱比特的傷口已經復原，雖然維納斯把大門鎖上，邱比特從窗口飛出去，找到他的妻子靈魂，把她眼裡的睡眠抹掉，把睡眠放回匣子裡，用一枝箭輕輕地觸刺，把靈魂喚醒，輕輕地責罵她一下，然後告訴她拿著匣子送給維納斯。

邱比特直接來到天帝宙斯面前求他幫助，天帝答應了。天帝把所有的天神召集在一起，宣布邱比特和靈魂正式結為夫婦，天帝還讓靈魂喝了不老的靈藥，讓她從凡人變為天神。這就是整個故事美滿快樂的結局，愛情之神邱比特和靈魂經過磨練和考驗，最後在一起，永不分離。

大力士海克力士

羅馬神話裡，有一個家喻戶曉的大力士、大英雄叫做赫丘利（Hercules）；希臘神話裡，他們叫他海克力士（Heracles）。海克力士強壯、勇敢，但脾氣暴躁、有勇無謀，也許有點像《三國演義》裡的張飛、《水滸傳》裡的黑旋風李逵吧！海克力士一生經歷過也克服了許多考驗和挑戰。

海克力士是天帝宙斯和一個凡間女子阿爾克墨涅（Alcmene）生的孩子。天帝宙斯風流成性，招引來的後果就是天后希拉的憤怒和嫉妒。海克力士才幾個月大時，有一天晚上，天后希拉派了兩條大蛇溜進他的嬰兒房，和海克力士睡在一起的弟弟伊克力斯（Iphicles）嚇得嚎啕大哭（伊克力斯是他同母異父的凡人弟弟），當媽媽趕過來時，只看到海克力士左右手拿著兩條被他捏死的大蛇，坐在那裡哭。

還有一個故事，天帝宙斯因為海克力士的媽媽是凡人，趁著天后希拉睡覺時，把海克力士放在希拉胸前偷偷吸吮天后的奶水，希望這樣可以讓海克力士變成天神，也許是海克力士力氣太大，他咬了希拉一口，希拉醒過來，看到一個陌生的嬰兒正在吸吮她的奶水，一手把海克力士推開，她的奶水灑在天空上，就是我們地球所在的銀河系統，晚上在天空上看來就像一片灑開的奶水，所以，我們的銀河系統就叫做「奶水之路」（Milky Way）。

海克力士的媽媽找了許多好老師來教他拳術、擊劍和射箭，這些老師都是鼎鼎有名的天神，因為音樂老師對他的要求相當嚴格，海克力士拿起正在學彈的里拉琴把老師打死了，這位音樂老師還是太陽神阿波羅（Apollo）的兒子，因此，海克力士被送到山上牧羊，十八歲時，赤手空拳捏死了一隻獅子。據說，有兩位仙女來看他，她們的名字是玩樂（Pleasure）和美德（Virtue），她們說有兩條他可以選擇的生命之路，一條是充滿輕鬆和快樂，一條是充滿艱苦和榮耀，他選擇了後面一條路，也許他很傻，但為了榮耀，世界上有很多人會和他做一樣的選擇。

後來，海克力士幫助一位國王打敗了來侵略的敵人，國王把公主蜜格拉（Megara）許配給他，他們生了三個小孩。可是，天后希拉還是懷恨在心，不肯放過海克力士，希拉的詛咒讓海克力士失控發狂，把蜜格拉和三個小孩都殺死了，海克力士恢復神智清醒後痛不欲生。不過，在他媽媽和一位好朋友的安慰下，他決定向一位先知求救，先知告訴他，他必須通過非常困難的考驗來贖罪、淨化自己。海克力士在先知指引下（其實也是天后希拉在背後操縱），投靠了一位國王，並答應以十二年為期，做國王的僕人，接受任何指派的任務，國王一共指派他十二個非常困難危險的任務。

第一個任務是去殺死一隻刀槍不入的獅子，這對海克力士來講不是問題，他就像在十八歲時一樣，徒手把獅子捏死了。第二個任務是去殺死一條有九個頭的蟒蛇，這條蟒蛇如果一個頭被砍掉，會再長出兩個新的頭，還好海克力士找到姪兒幫忙，把這條蟒蛇殺掉了。剩下的危險任務就不再贅述，不過，海克力士都把它們一一完成了，也為一場家庭悲劇畫上句點。最後，海克力士和天后希拉和好了，也升格為天神。

天神四兄弟

接著，讓我講四個天神兄弟的故事，他們的名字是阿特拉斯（Atlas）、普羅米修斯（Prometheus）、艾比米修斯（Epimetheus）、墨諾提俄斯（Menoetius）。

選錯邊而撐住天

首先要講的是阿特拉斯，在天神的一場大戰裡，他們四兄弟，兩個兩個選邊站，阿特拉斯和墨諾提俄斯選錯邊，戰敗後被天帝宙斯懲罰，阿特拉斯得永遠站在大地的西邊，不分晝夜、無論晴雨，用肩膀把天空撐起來。這和中國《山海經》裡盤古開天闢地的傳說有點相似，宇宙剛開始時，混沌一團像一顆雞蛋一樣，盤古在裡面睡了一萬八千年，醒過來後把清和濁、陽和陰分開，清新的陽氣往上升成為天空，混濁的陰霾往下沉成為大地，天每天上升一丈，地每天加厚一丈，盤古站在那兒把天撐起來，每天身高增加一丈，這樣過了一萬八千年，天和地之間的距離變成九千里，盤古的身高也變成九千里了[1]。

講到這裡，我又得回過頭來講大力士海克力士的故事，他要完成的十二項艱鉅任務裡，其中一項是要到由阿特拉斯三個女兒看管的花園採金蘋果，看守這個花園的是天神堤豐（Typhoon）的一個兒子，這個兒子也是一條有一百個頭的蟒蛇，海克力士根本不知道花園在哪裡，他跑去對阿特拉斯說：「我幫你把天撐住，你幫我把金蘋果採回來。」阿特拉斯看到一個脫身的好機會，就去把金蘋果採回來，對海克力士說：「你繼續把天撐住，我替你把金蘋果送到國王那邊去就好了。」海克力士很聰明，他說：「好，不過，你先把天撐一下，讓我調整一下肩膀上的墊子。」阿特拉斯很老實聽了他的話，把金蘋果放在地上，將天撐起來，海克力士把金蘋果從地上撿起來，回到國王那邊去了。

英文裡，atlas 這個字是「地圖集」的意思。其實，這個字這樣用是出於誤解，天神阿特拉斯撐住的是天，不是把地球背在肩膀上。古希臘時代，他們根本還沒有「大地是一個圓球」這個觀念，不過到了十六世紀，有一個人出版了一本地圖集，畫上了一張天神阿特拉斯把地球背在肩膀上的畫，所以，atlas這個字就用來做為地圖集的意思了。

神火之賊

阿特拉斯的另外兩個兄弟，就是在天神大戰中選對邊的兩位，分別是普羅米修斯，就是遠見、先見、先知的意思，以及艾比米修斯，就是後見、後知後覺、反思的意思。雖然他們兩個在天神大戰裡選對了邊，但還是在許多事情裡得罪了天帝宙斯。

普羅米修斯是一個很愛護和照顧人類的天神，精於各項手藝，數學、建築、寫作、金屬手工都由他起源。天帝看到普羅米修斯和人類的關係那麼好，已經十分嫉妒，普羅米修斯又耍弄天帝，他把奉獻給天帝的祭品分成兩份，一份是把牛肉包在牛的胃裡，裡面的牛肉是好東西，外面的牛胃卻難以下嚥；一份是把牛骨包在牛的肥油裡，就是把根本不能吃的牛骨包在誘人的肥油裡，天帝選擇了包著牛骨的肥油，因此上了普羅米修斯的當，天帝大為生氣，怒不可遏，就不許人類有火。普羅米修斯想出一個計謀，把火從天上偷到凡間，結果，他和艾比米修斯都受到懲罰。

普羅米修斯受到什麼懲罰呢？天帝宙斯把他鎖在一塊大石上，每天有一隻老鷹來啄食他的肝，因為普羅米修斯是天神，不會死掉，他的肝到了晚上又再長回來，老鷹在白天再回來啄食。一直到海克力士去找金蘋果的路上，才把他解救出來。

潘朵拉的瓶子

艾比米修斯呢？天帝命令火神赫菲斯托斯做了一個美麗又邪惡的女人，讓每位天神送給她美麗又邪惡的禮物，智慧和戰爭之神雅典娜教她縫紉、紡織、製作美麗迷人的衣服，愛神阿芙蘿黛蒂送她優雅和殘酷，商業之神荷米斯（Hermes）送她狡猾、詐欺、伶牙俐齒、說謊話的本領，其他的天神送她項鍊、花冠。這個女人的名字就是潘朵拉（Pandora）。

天帝把潘朵拉送給後知後覺的艾比米修斯，但是有遠見的普羅米修斯預見裡面有陰謀，他警告艾比米修斯別接受這份「禮物」。但是，艾比米修斯實在無法抗拒潘朵拉的美麗，立刻和她結婚了。天帝還送艾比米修斯一個瓶子，他對艾比米修斯說：「千萬不要打開這個瓶子。」艾比米修斯很聽話，沒有碰這個瓶子。但是，潘朵拉好奇心重，偷偷把瓶子打開，天帝預先放在瓶子裡的疾病、瘟疫、嫉妒和仇恨，統統跑到世界上了，潘朵拉趕緊把瓶子蓋上，留在瓶子裡的只剩下「希望」。為什麼天帝宙斯把希望放在瓶子裡呢？這是難以了解的，何況今天人間不是充滿希望嗎？希望不是我們應付疾病、痛苦、悲傷和失望最大的力量嗎[2]？

天帝宙斯對人間的各種罪惡行為非常不滿意，決定用一場大洪水把人類毀滅，唯一生存下來的是普羅米修斯的兒子丟卡利翁（Deucalion），以及艾比米修斯和潘朵拉生的一個女兒皮拉（Pyrrha），這一對夫婦就是後來全人類的老祖宗。

注釋

1. 這些數字是從中國古書裡出來的，我做了些加減乘除的換算，可以說大致是正確的。
2. 這就是現在我們常用的一個詞「潘朵拉的盒子」的出處，指「意料不到的大麻煩、大災難」。原來的故事中是一個瓶子，但在翻譯中誤寫成盒子。

第十章

大時代的高歌

一九四〇年代的中國歌曲

〈恭喜恭喜〉

陳歌辛是中國的作曲家、詩人、散文作家、語言學家，他的祖父是印度貴族，祖母是杭州人，祖父婚後定居上海，陳歌辛未滿二十歲就在上海幾所中學教音樂。他說自己練鋼琴、練唱歌都下了很大的苦功，他的音域極廣，能唱到二十一度。一生寫了二百多首歌，有「音樂才子」、後來更有「歌仙」之稱。演唱過他的歌的名歌手包括周璇、姚莉、李香蘭、龔秋霞和白光等。

陳歌辛也編寫過歌劇，抗戰時曾在上海被日本憲兵囚禁七十幾天，一九四二年出獄後，幾年內寫了許多首知名歌曲，歌詞表面上是風花雪月，背後都充滿活力與生氣。一九五七年被判下鄉勞改，後因饑餓生病，四十六歲就過世。他的大兒子陳鋼也是一位音樂家，亦是知名的《梁祝小提琴協奏曲》的創作者之一。

每年到了農曆年前後幾天，大街小巷一定會響起〈恭喜恭喜〉的歌曲：

每條大街小巷，每個人的嘴裡，見面第一句話，就是恭喜恭喜。

恭喜恭喜恭喜你呀!恭喜恭喜恭喜你!
冬天已到盡頭,真是好的消息,溫暖的春風,就要吹醒大地。
恭喜恭喜恭喜你呀!恭喜恭喜恭喜你!
經過多少困難,歷經了磨練,多少心兒盼望,盼望春的消息。
恭喜恭喜恭喜你呀!恭喜恭喜恭喜你!

這首歌是陳歌辛在一九四五年抗日戰爭勝利時,為慶賀舉國上下同心協力、歷盡磨練,就像度過寒冬迎接春天到來而寫的歌。但是多年流傳下來,已經成為大家最熟悉的賀年歌。

抗日戰爭勝利那年,我讀小學五年級,喜訊傳來那個晚上,很多人衝向街頭,那份興奮心情的確和過年一樣。這讓我想起杜甫五十多歲時,因為安史之亂,漂泊流落到四川劍門關之外長達五個年頭,當他聽到朝廷的軍隊收復安史叛軍的根據地河南、河北時,他欣喜若狂寫了一首詩,題目為〈聞官軍收河南河北〉:

劍外忽傳收薊北,初聞涕淚滿衣裳。
卻看妻子愁何在?漫卷詩書喜欲狂。

白日放歌須縱酒，青春作伴好還鄉。
即從巴峽穿巫峽，便下襄陽向洛陽。

在劍門關外忽然聽說官軍已經收復薊北地區，聽到的時候淚水沾滿了衣裳。妻子和小孩的愁容已經不知去向，我隨手把詩書收捲起來，欣喜若狂。在白天開懷高歌，縱情飲酒，幸好青春尚在，該是回家鄉的時候了。我穿過三峽先到襄陽，接著再往洛陽走去。

戰爭平息後返回家園，放歌縱酒，作伴還鄉，不是和〈恭喜恭喜〉一樣的心情嗎？

〈玫瑰玫瑰我愛你〉

陳歌辛作曲，姚莉演唱，開始的一段歌詞是：

玫瑰玫瑰最嬌美，玫瑰玫瑰最豔麗，長夏開在枝頭上，玫瑰玫瑰我愛你。
玫瑰玫瑰情意重，玫瑰玫瑰情意濃，長夏開在荊棘裡，玫瑰玫瑰我愛你。
心的誓約，心的情意，聖潔的光輝照大地。
心的誓約，心的情意，聖潔的光輝照大地。

姚莉演唱的〈玫瑰玫瑰我愛你〉

一九五一年〈玫瑰玫瑰我愛你〉英文版唱片在英國和美國發行，都登上流行榜前三名，這是很難得的景況，通常只有很少數的中國歌曲能在歐美市場達到這個地位。英文版的節奏比中文版快速明朗，第一段歌詞：

玫瑰玫瑰，我傷痛地愛著你，
我們要分手了，你的未來會是怎樣呢？
你站在碼頭上，輪船要啟航了，
馬來亞的花，我沒有辦法留下來啊。

英文版的〈Rose Rose I Love You〉

〈初戀女〉

陳歌辛作曲、徐志摩作詞，描寫對初戀情人的懷念，譜成探戈舞步的節拍，喜歡跳舞的朋友都聽過這首歌。

我走遍漫漫的天涯路，我望斷遙遠的雲和樹。

蔡琴演唱的〈初戀女〉

多少的往事堪重數，妳呀妳在何處。
我難忘妳哀怨的眼睛，我知道妳那沉默的情意，
妳牽引我到一個夢中，我卻在別個夢中忘記妳。
啊，我的夢和遺忘的人，啊，受我最初祝福的人，
終日我灌溉著薔薇，卻讓幽蘭枯萎。

〈夜上海〉

陳歌辛作曲，范煙橋作詞，周璇原唱。周璇是當時最知名的女歌手，有「金嗓子」之稱。

夜上海，夜上海，你是個不夜城，
華燈起，樂聲響，歌舞昇平。
酒不醉人，人自醉，胡天胡地，蹉跎了青春，
曉色朦朧，倦眼惺忪，大家歸去，心靈兒隨著轉動的車輪。

周璇版的
〈夜上海〉

上海位在長江出口的地方，背後是中國最富庶的江浙太湖地區，從明朝開始已逐漸興盛。

第一次鴉片戰爭後，按照一八四二年簽訂的《南京條約》做為五口通商港口之一，隔年正式開埠，英、美、法各國先後設立租界。一九一一年辛亥革命成功，於軍閥、黑社會、知識分子和外國勢力的綜合衝擊下，在中日戰爭爆發前已經成為高度繁榮的經濟、商業、文化、航運中心。從滿清末年開始，租界區裡有一條東西走向長約十里的大街，洋人眾集加上洋貨充斥，這一地區特別熱鬧繁榮，於是有「十里洋場」的指稱。

「夜上海，夜上海，你是一個不夜城」，不夜的夜上海是有趣的文字遊戲。「酒不醉人人自醉」這句來自清朝醉月山人的詩，原來的意思是品茶、讀書、唱酒、賞花的樂趣和意境，都是沒兩樣的：

> 茶亦醉人何須酒，書自香我何須花。
> 酒不醉人人自醉，花不迷人人自迷。

〈踏雪尋梅〉

劉雪庵是才華橫溢的作曲家，對日抗戰時，創作好幾首振奮人心的愛國歌曲，例如〈長城謠〉，還有被稱為「流亡三部曲」的三首歌：〈松花江上〉、〈離家〉和〈上前線〉。〈踏雪尋梅〉這首歌由劉雪庵作詞，他的老師黃自作曲，是一首活潑輕鬆的歌。

雪霽天晴朗，臘梅處處香，
騎驢灞橋過，鈴兒響叮噹。
響叮噹，響叮噹，響叮噹，
好花採得瓶供養，伴我書聲琴韻，
共度好時光。

雪霽就是下雪以後天空放晴了，臘梅是一種黃色的梅花，因為顏色和蜂蠟相似，故被稱為臘梅。灞橋是西安（古時的長安）外面灞水上的一座橋，漢、唐時代的人在長安送朋友東行，在灞橋上分別，並且折下楊柳樹的樹枝，因為「柳」字和「留」字讀音相似的緣故，沿用下來，灞橋就泛指送別分手的地方，灞橋折柳就泛指送客遠行的意思。

話說唐朝宰相鄭綮很會作詩，有一次有人到他家拜訪，問他：「您最近有什麼作品嗎？」鄭綮說：「寫詩的靈感來自灞橋上、風雪中和驢子的背上，在家裡哪來靈感呢？」

〈紅豆詞〉

劉雪庵作曲的〈紅豆詞〉，歌詞出自曹雪芹的《紅樓夢》：

滴不盡相思血淚拋紅豆，開不完春柳春花滿畫樓。
睡不穩，紗窗風雨黃昏後，忘不了，新愁與舊愁。
嚥不下，玉粒金波噎滿喉，照不盡，菱花鏡裡花容瘦。
展不開眉頭，捱不明更漏。
恰似遮不住的青山隱隱，流不斷的綠水悠悠。

《紅樓夢》第二十八回，賈寶玉和薛蟠兩個表兄弟去喝花酒，在席上，賈寶玉按照酒令唱了一首曲，就是這首歌的歌詞。這詞一共用了十個不字：滴不盡、開不完、睡不穩、忘不了、嚥不下、照不盡、展不開、捱不明、遮不住、流不斷，非常精采。

童麗演唱的〈紅豆詞〉

〈何日君再來〉

劉雪庵作曲，周璇原唱的〈何日君再來〉。這首歌不但是周璇的傳世名曲，也是公認為一九四〇年代最受歡迎的流行歌曲。〈何日君再來〉是他在上海音樂專科學校學生時期寫的曲。有一個說法，這首曲在未徵得劉雪庵同意之前，就由別人填了詞，做為周璇主演電影《三星伴月》的插曲，劉雪庵對歌詞並不滿意，卻礙於情面沒有公開抗議。

好花不常開，好景不常在，
愁堆解笑眉，淚灑相思帶。
今宵離別後，何日君再來。
喝完了這杯，請進點小菜，
人生難得幾回醉，不歡更何待。
來來來，喝完了這杯再說吧。
今宵離別後，何日君再來。

〈何日君再來〉原本只是一首電影插曲，但它背後有一段曲折故事。這首歌流傳不久，正值中日戰爭爆發，原唱者李香蘭是日本人，將這首歌的中、日文版都唱得很紅。日文版的歌先被日本檢查機關禁唱，理由是靡靡之音會使日本軍隊的紀律渙散；中文版又被日本政府在中國

周璇版的〈何日君再來〉

李香蘭演唱中、日文的〈何日君再來〉

鄧麗君版的〈何日君再來〉

占領區禁唱，理由是懷疑中國百姓以這首歌表達對中國軍隊反攻的期待。等到中日戰爭接近末期，這首歌被有心人改成〈賀日軍再來〉，歌詞也變成一首向日軍獻媚的歌，消息傳到重慶，國民政府又下令全國禁唱。

一九六六年中國文化大革命時，劉雪庵被批判所作的音樂頹廢反動，特別是〈何日君再來〉，這首歌被認為有半封建、半殖民地色彩，對民眾可能會造成精神汙染而被禁止。他後來被送到鄉下勞改。差不多同一時間，這首歌在臺灣也被禁，原因是何日君的「君」字和軍隊的「軍」同音，是指解放軍。到了一九八〇年代，鄧麗君又唱紅了這首歌，到了今日，可以說已唱遍大江南北與海峽兩岸了。

〈杜鵑花〉

黃友棣是作曲家、演奏家、指揮家、教育家和文學家，音樂作品多達二千多首，大家最熟悉的，是他在抗日戰爭期間寫的〈杜鵑花〉。一九四一年春天，中山大學哲學系學生方健鵬送給黃友棣幾首小詩，其中一首〈杜鵑花〉，黃友棣將之譜成民謠風的歌曲，節奏活潑而有變化，歌詞洋溢著天真無邪的青春氣息。

淡淡的三月天，杜鵑花開在山坡上，
杜鵑花開在小溪畔，多美麗啊，
像村家的小姑娘一樣，像村家的小姑娘。

去年，村家的小姑娘，走到山坡上，
和情郎唱支山歌，摘枝杜鵑花插在頭髮上。
今年，村家小姑娘，走向小溪畔，
杜鵑花謝了又開啊，記起了戰場上的情郎。

摘下一枝鮮紅的杜鵑，遙向著烽火的天邊，
哥哥，你打勝仗回來，我把杜鵑花插在你的胸前，
不再插在自己的頭髮上。

〈本事〉

黃自在北京清華大學畢業後，到美國歐柏林學院（Oberlin College）讀心理學，後來轉到耶魯大學學音樂，回國後在滬江大學和國立音樂專科學校任教，造就許多有名的音樂家，劉雪

合唱版
〈杜鵑花〉

庵就是其中之一。

〈本事〉這首歌，由黃自作曲，有「江南才子」之稱的文學家盧前作詞。這首歌在簡單平易中，描繪出一幅粉彩圖畫，鳥語、春風、飛花、酣睡和美夢，多麼怡然，何等舒泰：

記得當時年紀小，我愛談天，你愛笑。
有一回並肩坐在桃樹下，風在林梢，鳥在叫。
我們不知怎麼樣睏覺了，夢裡花兒落多少。

〈花非花〉

黃自作曲，歌詞來自白居易寫的一首小詩：

花非花，霧非霧，夜半來，天明去。
來如春夢不多時，去似朝雲無覓處。

白居易的詩以語言淺近、意境明顯為特色，但這首詩卻是一個例外，因為詩裡並沒有清晰地說明要描述的是什麼，好像是花卻不是花，好像是霧卻不是霧，來的時候像春夢一樣短暫，消失時像早上的雲霧一樣，無處尋覓。我想白居易描寫的是一份看不見、摸不著，朦朧、飄渺，輕輕來卻又匆匆去的一份心情和感受吧！

〈教我如何不想他〉

趙元任[1]作曲，劉半農[2]作詞，黃友棣編合唱，是一首流傳很廣的名歌：

天上飄著些微雲，地上吹著些微風。
啊！微風吹動了我頭髮，教我如何不想他！
月光戀愛著海洋，海洋戀愛著月光。
啊！這般蜜也似的銀夜，教我如何不想他！
水面落花慢慢流，水底魚兒慢慢游。
啊！燕子，你說些什麼話？教我如何不想他！

殷正洋演唱的
〈教我如何不想他〉

枯樹在冷風裡搖，野火在暮色中燒。
啊！西天還有些兒殘霞，教我如何不想他！

這首歌裡的「他」到底是誰？是男性還是女性？是故鄉還是什麼？在中文裡，「他」字可以含糊地混過去，趙元任把歌名翻成英文時，很有技巧地翻成〈How Can I Help but Think of You〉，一個 You 字也含糊地混過去了。

劉半農逝世時，趙元任為他寫了一副輓聯：

十載湊雙簧，無詞今後難成曲；
數人弱一個，教我如何不想他。

臺灣校園民歌

〈鄉愁四韻〉

一九七五年，楊弦和胡德夫在臺北市中山堂演唱〈鄉愁四韻〉，被視為臺灣現代民歌發展的開始。作曲者楊弦，出生在花蓮，畢業於臺大生物研究所，〈鄉愁四韻〉是他二十多歲時的創作。他的其他著名作品包括〈江湖上〉、〈迴旋曲〉、〈民歌〉、〈鄉愁〉、〈渡口〉、〈匆匆〉、〈太平洋的風〉、〈牛背上的小孩〉。胡德夫是臺灣卑南族、排灣族人，曾就讀臺大外文系，他的歌聲深沉豐厚，被讚譽為「臺灣最美麗的聲音」（蔣勳）、「臺灣最動人的呼喚」（林懷民）、「誠實有魂魄」（蔡明亮）、「宛如深沉的大風箱」（余光中）。

〈鄉愁四韻〉是一九七四年詩人余光中發表的一首新詩，他在詩集《白玉苦瓜》的自序提到：「究竟什麼在召喚中年人呢？小小孩的記憶，三十年前，巨者如寬厚博大的后土，滾滾千里的長江，細者如井邊的一聲蟋蟀，階下的一葉紅楓，於今憶及，莫不歷歷皆在心頭。」憶兒年、憶青春、憶老家、憶文化、憶歷史，那都是鄉愁。

給我一瓢長江水啊長江水，
酒一樣的長江水，
醉酒的滋味，
是鄉愁的滋味，
給我一瓢長江水啊長江水。

鄉愁四韻

給我一張海棠紅啊海棠紅，
血一樣的海棠紅，
沸血的燒痛，
是鄉愁的燒痛，
給我一張海棠紅啊海棠紅。
給我一片雪花白啊雪花白，
信一樣的雪花白，
家信的等待，
是鄉愁的等待，
給我一片雪花白啊雪花白。
給我一朵臘梅香啊臘梅香，
母親一樣的臘梅香，
母親的芬芳，
是鄉土的芬芳，

給我一朵臘梅香啊臘梅香。

一九八二年，羅大佑也為余光中〈鄉愁四韻〉譜了另一首曲。

〈鄉愁〉

〈鄉愁〉是一九七一年余光中作詞、楊弦作曲的歌，由楊弦和章紀龍合唱，章紀龍當時是師大音樂系的學生。在詩裡，余光中說鄉愁是一張小小的郵票，是一張窄窄的船票，是一方矮矮的墳墓，是一灣淺淺的海峽。

小時候，鄉愁是一枚小小的郵票。
我在這頭，母親在那頭。
長大後，鄉愁是一張窄窄的船票。
我在這頭，新娘在那頭。
後來啊，鄉愁是一方矮矮的墳墓。

鄉愁

我在外頭，母親在裡頭。
而現在，鄉愁是一灣淺淺的海峽。
我在這頭，大陸在那頭。

〈少年中國〉

校園民歌風起雲湧地發展，另一位重要推手是李雙澤。李雙澤的父親是菲律賓華僑，一九六八年考入淡江文理學院數學系，他在音樂、文學、繪畫上都展露過人的才華。一九七六年十二月三日，淡江文理學院在校內舉辦西洋民謠演唱會，當天李雙澤代替受傷的胡德夫上場表演。在其他演唱者都唱著西洋歌曲的現場，他實在無法按納，上臺時拿著一瓶可口可樂，大聲問臺下：「我從菲律賓到臺灣、到美國、到西班牙，全世界年輕人喝的都是可口可樂，唱的都是英文歌。請問，我們自己的歌在哪裡？」隨即把可樂瓶摔掉，開始唱起〈補破網〉、〈國父紀念歌〉等國、臺語民謠。這事件引起極大的震撼，被稱為校園民歌發展歷程中的「淡江可樂瓶事件」。

〈少年中國〉是蔣勳的詩，由李雙澤譜曲。詩集是蔣勳一九七二年負笈法國巴黎大學，為故鄉寫的一系列作品，記錄自己的「致命鄉愁」。

我們隔著迢遙的山河，去看望祖國的土地。
你用你的足跡，我用我遊子的哀歌。你對我說：
古老的中國不要鄉愁，鄉愁是給沒有家的人。
少年的中國也不要鄉愁，鄉愁是給不回家的人。
古老的中國不要哀歌，哀歌是給沒有家的人。
少年的中國也不要哀歌，哀歌是給不回家的人。
少年的中國沒有學校，她的學校是大地的山川。
少年的中國也沒有老師，她的老師是大地的人民。

「少年中國」這個概念源於一九〇〇年二月梁啟超的散文〈少年中國說〉，文章指出：在列強的眼中，中國是個頹廢、龍鍾老大的帝國，但在他的心中有一個少年中國。他接著說：

老年人喜歡回憶過去，少年人喜歡考慮未來，由於回憶過去，所以產生回戀之心；由於考慮將來，所以產生希望之心。老年人照慣例行事，少年人敢於破格，老年人多憂慮，所以容易灰心，因而變得怯弱；少年人喜歡做事，所以有旺盛的生氣，因而變得豪壯。因此，老年人常常覺得天下一切事情都無可做，少年人常常覺得天下一切事情都無不可為。

梁啟超的結論是：創建未來的少年中國，是中國少年一代的責任。假如全國的少年果真成為充滿朝氣的少年，那麼我們國家的進步是無可限量的，所以今天的責任不在別人身上，全在我們少年身上。

七十多年後取而代之的〈少年中國〉，是蔣勳海外遊子的心懷。

〈橄欖樹〉

〈橄欖樹〉是三毛作詞、李泰祥作曲、齊豫演唱的一首歌。三毛原名陳平，是一九七〇至一九八〇年代的著名作家。以其在撒哈拉沙漠的生活及見聞為背景，用幽默的文筆，發表了充滿異國風情的散文作品而成名。作家白先勇認為三毛「創造了一個充滿傳奇色彩、瑰麗的浪漫世界，裡面有大起大落，生死相許的愛情故事，引人入勝，不可思議的異國情調。非洲沙漠的馳騁，拉丁美洲原始森林的探幽，這些常人所不能及的人生經驗，造作了海峽兩岸的青春偶像」。

齊豫是臺灣著名女歌手，因其獨特的唱腔和出色的唱功，被廣大樂迷喻為「天籟之音」，曾獲頒一九九八年第九屆金曲獎最佳國語女歌手，代表作有〈橄欖樹〉、〈欲水〉、〈夢田〉。

不要問我從哪裡來，我的故鄉在遠方。
為什麼流浪，流浪遠方，流浪。
為了天空飛翔的小鳥，為了山間輕流的小溪，
為了寬闊的草原，流浪遠方，流浪。
還有還有，為了夢中的橄欖樹，橄欖樹。
不要問我從哪裡來，我的故鄉在遠方。
為什麼流浪，為什麼流浪遠方，
為了我夢中的橄欖樹。

齊豫演唱的
〈橄欖樹〉

〈錯誤〉

一九七六年，羅大佑把名詩人鄭愁予的詩〈錯誤〉，譜成非常動聽的歌。

我打江南走過，
那等在季節裡的容顏如蓮花的開落。

東風不來，三月的柳絮不飛，
妳的心是小小的寂寞的城。
恰似青石的街道向晚。
跫音不響，三月的春帷不揭，
妳的心是小小的窗扉緊掩。

我達達的馬蹄是個美麗的錯誤，
我不是歸人，是個過客。

我打江南走過，

那等在季節裡的容顏如蓮花的開落。

〈追夢人〉

〈追夢人〉是羅大佑在一九九年寫的曲，先後配了幾首不同的詞，也採用不同的歌名發表。以下第一首是香港粵語電影《天若有情》的主題曲，由袁鳳瑛演唱，李健達填詞。

原諒話也不講半句，此刻生命在凝聚。
過去你曾尋過，某段失去了的聲音。
落日遠去，人期望，留住青春的一刹。
風雨思念，置身夢裡總會有唏噓。
只求望一望，讓愛火永遠的高燒。
青春請你歸來，再伴我一會。

第二首是國語電影《青春無悔》的主題曲，也是袁鳳瑛演唱，羅大佑填詞。

袁鳳瑛演唱粵語版
〈追夢人〉

讓青春吹動了你的長髮，讓它牽引你的夢，
不知不覺的塵世的歷史已記取了你的笑容。
紅紅心中藍藍的天是個生命的開始，
春雨不眠隔夜的你曾空獨眠的日子。

讓青春嬌豔的花朵綻開了深藏的紅顏，
飛去飛來的滿天飛絮是幻想你的笑臉。
秋來春去紅塵中誰在宿命裡安排，
冰雪不語寒夜的你那難隱藏的光彩。

看我看一眼吧，莫讓紅顏守空枕，
青春無悔不死永遠的愛人。

第三首〈追夢人〉是臺灣電視劇《雪山飛狐》片尾曲，由鳳飛飛演唱。這首〈追夢人〉和〈青春無悔〉歌詞大部分相同，只有最後部分羅大佑加寫了四句，加寫的歌詞被解釋為紀念在一九九一年逝世的女作家三毛。這四句歌詞是：

袁鳳瑛演唱國語版
〈青春無悔〉

讓流浪的足跡在荒漠裡寫下永久的回憶，
飄去飄來的筆跡是深藏的激情你的心語。
前塵後世輪迴中誰在聲音裡徘徊，
痴情笑我凡俗的人世終難解的關懷。

鳳飛飛演唱的〈追夢人〉

第四首是臺語版，歌名為〈斷夢曲〉，一九九五年由王武雄填詞，羅大佑和ＯＫ男女合唱團合唱。

是無情無義的這個時代，還是前世的期待，
你咱雙人會相逢在錯亂中，變幻的這個所在。
渺渺乾坤茫茫的心，誰人苦苦地安排。
進退浮沉流轉的夢，猶原是一種阻礙。

羅大佑和 OK 男女合唱團合唱的〈斷夢曲〉

〈恰似你的溫柔〉

梁弘志一九五七年出生，大學畢業於世界新聞專科學校圖書管理學系，學生時代就開始創作詞曲，展露驚人的才華，即使未成名時，他的歌已經在各大專院校被廣泛地傳唱。〈恰似你的溫柔〉是他二十三歲寫的歌，世新的學生戲稱這是他們的校歌。

某年某月的某一天，就像一張破碎的臉；
難以開口道再見，就讓一切走遠。
這不是件容易的事，我們卻都沒有哭泣；
讓它淡淡的來，讓它好好的去。
到如今年復一年，我不能停止懷念，懷念你，懷念從前。
但願那海風再起，只為那浪花的手，恰似你的溫柔。

蔡琴演唱的
〈恰似你的溫柔〉

〈恰似你的溫柔〉發表後，梁弘志和蔡琴一夕之間成為家喻戶曉的音樂人，一九八〇至一九九〇這十年，可說是梁弘志音樂生涯最燦爛的階段。蔡琴和梁弘志同年，一九五七年出生於高雄左營，一九七〇年代後期以民歌手身分進入演藝圈，一直到現在，還是極受歡迎的女歌手。

〈讀你〉

〈讀你〉是一九八四年梁弘志作曲、作詞，蔡琴主唱的歌：

讀你千遍也不厭倦，讀你的感覺像三月，
浪漫的季節，醉人的詩篇，唔……
讀你千遍也不厭倦，讀你的感覺像春天，
喜悅的經典，美麗的句點，唔……

你的眉目之間，鎖著我的愛憐，
你的唇齒之間，留著我的誓言，
你的一切移動，左右我的視線，
你是我的詩篇，讀你千遍也不厭倦。

蔡琴演唱的〈讀你〉

〈青花瓷〉

方文山與周杰倫合作多首大家喜愛的流行歌曲，其中〈青花瓷〉是一首充滿中國風、意境優美的歌曲。

人類歷史文明發展過程中，陶器的製作可以追溯到五千甚至一萬年以前，從最原始用黏土做成胚，經過高溫燃燒的簡單過程，不斷地演變發展，從原料的配製、燃燒的溫度和時間的控制，再加上上釉的過程，陶器分支成質感不同的瓷器，而且陶瓷器已經從日用品器皿演變成藝術品了。

中國歷史上，明代以前以沒有裝飾花紋的素瓷為主，以青瓷、黑瓷為最常見的顏色，中國青瓷裡，最有名的是宋代五大名窯之一——河南汝州的「汝窯」，其中分天青、豆青和粉青，又以天青為上品，甚至被形容為「雨過天青雲破處」，那一分純淨、澄清的青色。汝窯的瓷器非常珍貴，現在全世界只存有不到七十件。

青瓷之後又有彩繪陶瓷器的演進，比較有名的就是唐代唐三彩陶器和始於唐、宋，到了元代成熟，更在清朝到達頂峰的青花瓷，青花瓷也稱白地青花瓷，多半底色是純白或粉白，花紋的顏色是素黑或深藍。

〈青花瓷〉的歌詞裡，方文山既描寫繪有牡丹、錦鯉、仕女的青花瓷，也暗用了描寫青瓷「雨過天青雲破處」這一句詩。

素胚勾勒出青花，筆鋒濃轉淡，
瓶身描繪的牡丹，一如妳初妝，
冉冉檀香透過窗，心事我了然，
宣紙上走筆至此擱一半。

從青花瓷的青花和牡丹，帶到妳的初妝和我的心事。

釉色渲染仕女圖，韻味被私藏，
而妳嫣然的一笑，如含苞待放，
妳的美一縷飄散，去到我去不了的地方。

從釉色渲染的仕女圖，帶到妳的嫣然一笑和妳一縷飄散的美。

天青色等煙雨，而我在等妳，
炊煙裊裊昇起，隔江千萬里，

在瓶底書漢隸，仿前朝的飄逸，
就當我為遇見妳伏筆。

從天青色、炊煙、瓶底的字，帶到在等妳，為遇見妳寫伏筆。方文山的〈青花瓷〉讓我們想起十九世紀英國名詩人濟慈（John Keats）寫的一首詩〈希臘古甕之歌〉（*Ode on a Grecian Urn*）：

Beauty is truth, truth beauty,
That is all Ye know on earth,
and all ye need to know.

美即是真，真即是美，
這是你對人生全部的體會，
但這也是足夠的體會了。

透過詩人對古甕的欣賞和跟古甕的對話，在結語中道出了美的真諦，那就是美即是真，真即是美。

〈東風破〉

中國音樂裡，大曲泛指綜合了器樂、聲樂和舞蹈的藝術形式，遠在漢朝這種藝術形式已經成型，唐朝是大曲發展的全盛時期，到了宋朝逐漸衰微。大曲有固定的結構，通常分成三大章，比較籠統的說法是第一章是開始，通常叫做「散序」，第二章是主體，通常叫做「歌」或「排遍」，第三章是結尾，通常叫做「破」，破的節奏通常比較急促、繁碎。

東風這首曲裡的第三段，就被稱為「東風破」，方文山以〈東風破〉做為歌題，歌詞敘述一對青梅竹馬的戀人，自小一起玩耍、一起長大、一起聽過一首叫〈東風破〉的歌，但是幾年之後，他們分手了。

一盞離愁，孤單佇立在窗口，

愁是一份看不見、摸不著的心情，但詩人常常具體地量度它，「一斛明珠萬斛愁」用容量來量度愁；「凝眸處，從今又添，一段新愁。」像布一樣，分成段來量度愁；「白髮三千丈，離愁似箇長。」用長度來量度愁；在這裡「一盞離愁」詩人用杯子來量度愁。

我在門後，假裝妳人還沒走，
妳已經走了，我只是在心情上假裝妳還沒有走而已。

舊地如重遊，月圓更寂寞，
如果能夠重回我們以前一起長大的舊地，明亮的月光會令我更加寂寞。這兩句讓我們想起張九齡「海上生明月，天涯共此時。情人怨遙夜，竟夕起相思」這首詩。

夜半清醒的燭火，不忍苛責我。
是燭火清醒，還是我失夢難眠？

一壺漂泊，浪跡天涯難入喉，

漂泊流浪，像一壺酒一樣，很難喝下去。

妳走之後，酒暖回憶思念瘦，

妳走了之後，酒還是暖暖的，但回憶令人憔悴消瘦。讓人想起了李清照的名句：「東籬把酒黃昏後，有暗香盈袖。莫道不銷魂，簾捲西風，人比黃花瘦。」

水向東流，時間怎麼偷，

時間的腳步就像東流的逝水，可以在逝水裡偷出一段嗎？李白有「抽刀斷水水更流，舉杯消愁愁更愁」這兩句詩，黃安作曲、林夕寫詞的〈新鴛鴦蝴蝶夢〉裡也引用了這兩句。

花開就一次成熟，我卻錯過。

花在春天開，就會在秋天結果，我有的卻只是一段沒有結果的戀情。

接下來轉入副歌：

誰在用琵琶彈奏，一曲東風破，
歲月在牆上剝落，看見小時候，
猶記得那年我們，都還很年幼，
而如今琴聲幽幽，我的等候妳沒聽過。

誰在用琵琶彈奏，一曲東風破，
楓葉將故事染色，結局我看透，
籬笆外的古道，我牽著妳走過，
荒煙漫草的年頭，就連分手都很沉默。

聽到琵琶聲彈起〈東風破〉，不但想起小時候一起聽過〈東風破〉這段曲子的往事，也好像看到了我們分手的結局。

〈蘭亭序〉

方文山作詞、周杰倫作曲的〈蘭亭序〉裡，方文山一再用書法的語言來比喻感情的表達。晉穆帝永和九年三月初，王羲之等四十一位詩人在會稽山陰之蘭亭聚會，飲酒吟詩，王羲之為這些詩的詩集寫的序就是古文裡的〈蘭亭集序〉，他還親自書成〈蘭亭帖〉做為書法作品，〈蘭亭帖〉歷來被視為經典傑作，有「行書第一帖」之稱。

方文山的歌詞裡，我們看到許多書法的詞句：

> 蘭亭臨帖，行書如行雲流水，

行書像行雲流水，那麼感情是不是也像行雲流水，行於所當行，止於不可不止呢？

> 千年碑易拓，卻難拓妳的美。

千年古老石碑上，美麗的書法很容易複製下來，但是妳的美是無法複製的。

真跡絕，真心能給誰，

〈蘭亭帖〉的真跡已經不存在了，我的真心又能夠給誰呢？

摹本易寫，而墨香不退與妳共留餘味，

描摹的版本是很容易寫的，不過臨帖上的墨香還沒有消失，我和妳一起共享留下來的香味，那是墨香還是感情的香味呢？

一行硃砂，到底圈了誰。

古人用硃砂批文章，點出文章裡精采的地方，妳拿著硃筆挑選了誰呢？

無關風月，我題序等妳回，

忘掉那些庸俗的風花雪月，我已經題了序、開了頭，正等妳的回應。

情字何解，怎落筆都不對，

情一個字是很難體會了解的，即使想把情這一個字寫下來，怎樣落筆都不對。

愛爾蘭民謠

民謠是一個很廣泛的詞，通常指在一個時期、一個地區當地人民之間流行的歌曲，它反映歷史、地理、文化、生活、風俗和民族性的異同，因此，有法國民謠蓬勃，義大利民謠熱情，英國民謠淳樸，日本民謠悲情，西班牙民謠狂放不羈，中國民謠纏綿悱惻的說法。站在音樂的觀點，也有「民謠是樂曲靈感最豐富的泉源」的說法。

〈When You and I Were Young, Maggie〉

愛爾蘭民歌〈When You and I Were Young, Maggie〉，作曲者詹姆斯・巴特菲爾德（James

Butterfield）是移民到美國的英國人，歌詞的作者喬治·強生（George Johnson）是加拿大的教師，歌詞中的 Maggie 是他的妻子。這首歌的歌詞是這樣的：

When You and I Were Young, Maggie

I wandered today to the hill, Maggie,
To watch the scene below.
The creek and the creaking old mill, Maggie,
As we used to, long ago.

The green grove is gone from the hill, Maggie,
Where first the daisies sprung.
The creaking old mill is still, Maggie,
Since you and I were young.

They say I am feeble with age, Maggie.
My steps are less sprightly than then.
My face is a well written page, Maggie.

But time alone was the pen.
They say we are aged and grey, Maggie.
As spray by the white breakers flung.
But to me you're as fair as you were, Maggie,
When you and I were young.

我今日漫步山間，
俯望美景，無語憑欄，
古老的舊水車吱吱嘎嘎，溪流潺潺，
一如妳我當年，青春璀璨。

青青小草已經不知去向，
猶記雛菊滿山，
古老的舊水車寂然不動，
回憶妳我當年，青春璀璨。

他們說我已經年老體衰，
步履不再豪邁，
我滿臉的風霜，
是時間的筆留下的痕斑。

他們說我倆蒼蒼白髮，
是狂風巨浪的摧殘，
但是在我眼中，妳依然美麗，
難忘妳我當年，青春璀璨。

這首歌容易讓人聯想起南宋著名詩人陸游與表妹唐婉的一段傷心愛情故事。

〈The Last Rose of Summer〉

〈The Last Rose of Summer〉（夏日最後一朵玫瑰）的歌詞作者是十九世紀愛爾蘭詩人湯瑪斯・摩爾（Thomas Moore）。

The last rose of summer,
Left blooming alone;
All her lovely companions
Are faded and gone;
No flower of her kindred,
No rosebud is nigh,
To reflect back her blushes,
Or give sigh for sigh.

I'll not leave thee, thou lone one!
To pine on the stem;
Since the lovely are sleeping,
Go sleep thou with them.
Thus kindly I scatter
Thy leaves o'er the bed,

The Last Rose of Summer

Where thy mates of the garden
Lie scentless and dead.

夏日最後的一朵玫瑰，
依然孤獨地綻放；
它那可愛的伴侶們，
都已凋謝死亡；
再也沒有盛開的鮮花和待放的花蕾，
陪伴在她的身旁，
來襯托她緋紅的臉龐，
或者隨著她一起嘆息哀傷。

我不會離開妳，
讓妳孤單憔悴地留在枝頭上；
妳的同伴已經長眠，

願妳和他們一起安躺。
我把妳的花瓣
輕輕撒在花壇上，
妳零落的同伴，
已經香消成塵被埋葬。

這首詩讓我們想起陸游寫的〈卜算子．詠梅〉：

驛外斷橋邊，寂寞開無主。
已是黃昏獨自愁，更著風和雨。
無意苦爭春，一任群芳妒。
零落成泥碾作塵，只有香如故。

以及清朝文學家龔自珍的詩句：

落紅本是無情物，化作春泥更護花。

〈Believe Me, if All Those Endearing Young〉

這首歌原曲是一首傳統愛爾蘭小調，歌詞也是詩人湯瑪斯・摩爾寫的。這首歌背後有一個故事：詩人的妻子染上嚴重的皮膚病，損壞了她美麗的容顏，詩人寫這首詩告訴她，會永遠和她在一起，不棄不離。有趣的是，哈佛大學在一八三六年建校二百年時，一位校友用這首曲填了詞，作一首歌叫〈Fair Harvard〉，成為哈佛的校歌。

Believe me, if all those endearing young charms
Which I gaze on so fondly today
Were to change by tomorrow and fleet in my arms
Like fairy gifts fading away.
Thou wouldst still be adored as this moment thou art
Let thy loveliness fade as it will.

Believe Me, if All Those Endearing Young

And around the dear ruin each wish of my heart
Would entwine itself verdantly still.

相信我，即使讓我此刻深情凝視的，
妳那迷人的青春美麗，
有如天賜的明珠，
在朝露中自我懷裡飛逝；
我會依然愛妳，一如此刻，
無顧妳花容不再如舊；
即使綠肥紅瘦，
我將會與妳長相廝守。

〈Danny Boy〉與〈秋夜吟〉

〈Danny Boy〉（丹尼男孩）是大家很熟悉的歌，歌詞描述一個父親送兒子出門的心情。它的曲來自另一首歌〈Londonderry Air〉（倫敦德里小調），英國作曲家弗雷德里克·維特利

（Frederic Weatherly）所寫。

這首歌的歌詞有不同的版本，我選的版本是：第一段，父親送兒子出征，父親告訴兒子會等著他回來；第二段，父親告訴兒子，當兒子回來的時候，他可能已經長眠在土裡了。

Oh, Danny Boy, the pipes, the pipes are calling
From glen to glen, and down the mountain side.
The summer's gone, and all the roses falling.
'Tis you, 'tis you must go and I must bide.
But come you back when summer's in the meadow
Or when the valley's hushed and white with snow,
For I'll be here in sunshine or in shadow.
Oh, Danny Boy, oh, Danny Boy, I love you so.

But if you come, and all the flowers are dying
And if I'm dead, as dead I might well be.

Danny Boy

天使女伶演唱的〈Danny Boy〉

Ye'll come and find the place where I am lying
And kneel and say an Ave there for me.
And I shall hear, though soft you tread above me,
And all my grave shall warmer, sweeter be,
And if you bend and tell me that you love me,
Then I shall sleep in peace until you come to me.

召集的號角聲，響遍山谷。
夏日已逝，玫瑰不再綻放。
你將遠去，我會在此等待。
當你歸來，
也許草原上，夏日正盛，
也許幽谷中，冬雪皚皚，
在陽光中，或者在陰霾裡，
我會在此等待。

但是如果當你歸來，群芳已盡枯萎，
我已逝去，也的確難以預料。
你會來到我長眠所在，
跪下向我致意問安。
我會聽到你在上頭輕輕的足音，
我的孤墳會充滿溫暖和甜蜜。
當你彎下身來告訴我你愛我，
我會平靜地安睡，等待你歸來。

這首曲用中文填，歌名為〈秋夜吟〉，寫得非常動聽，夜深人靜時吟唱，讓人不覺潸然淚下。原填詞者已不可考，相當可惜。這首歌在早期的國小或國中音樂課是必唱的歌曲，歌詞如下：

月亮當空，照射大地明亮如鏡，
雲淡風輕，秋高又氣爽。

秋夜吟

在這個優美撩人的秋夜裡，
想起了遙遠的故鄉，家鄉的母親。
啊！母親呀！我最愛的母親，
您愛家鄉，卻更愛著我們，
為了我們明天有光榮的前程，
引導著我們奔向旅程。

注釋

1. 趙元任是中國語言學家，也是中國語言科學的創始人，十七歲時考取公費留美，在七十二名公費生裡名列第二（當時胡適名列五十五）。他在康乃爾大學主修數學，選修物理和音樂，在哈佛大學讀研究所修哲學和音樂，並從事語言學研究。一九二〇至一九三〇年代在北京清華大學，和王國維、梁啟超、陳寅恪並列為四大導師。
2. 劉半農是中國近代著名的文學家、語言學家和教育家，留學英、法之後在北京大學任教。

LEARN 050

劉炯朗開講：3分鐘品讀文學

作　者—劉炯朗
文字協力—高品芳、鄭秀玲
主　編—邱憶伶
責任編輯—陳映儒
行銷企畫—林欣梅
封面設計—兒日
內頁設計—張靜怡

編輯總監—蘇清霖
董 事 長—趙政岷
出 版 者—時報文化出版企業股份有限公司
一〇八〇一九臺北市和平西路三段二四〇號三樓
發行專線—（〇二）二三〇六—六八四二
讀者服務專線—〇八〇〇—二三一—七〇五
（〇二）二三〇四—七一〇三
讀者服務傳真—（〇二）二三〇四—六八五八
郵撥—一九三四四七二四時報文化出版公司
信箱—一〇八九九臺北華江橋郵局第九九號信箱
時報悅讀網—http://www.readingtimes.com.tw
電子郵件信箱—newstudy@readingtimes.com.tw
時報出版愛讀者粉絲團—https://www.facebook.com/readingtimes.2
法律顧問—理律法律事務所　陳長文律師、李念祖律師
印　刷—盈昌印刷有限公司
初版一刷—二〇二〇年七月三日
初版三刷—二〇二一年六月十四日
定　價—新臺幣三六〇元

時報文化出版公司成立於一九七五年，
一九九九年股票上櫃公開發行，二〇〇八年脫離中時集團非屬旺中，
以「尊重智慧與創意的文化事業」為信念。

劉炯朗開講：3 分鐘品讀文學／劉炯朗著 .
-- 初版 . -- 臺北市：時報文化 , 2020.07
304 面；14.8×21 公分 . --（Learn 系列；50）
ISBN 978-957-13-8235-7（平裝）

1. 文學鑑賞　2. 文集

810.77　　109007575

ISBN 978-957-13-8235-7
Printed in Taiwan